书中最相思

孔明○著

陕西新华出版传媒集团
陕西人民出版社

图书在版编目（CIP）数据

书中最相思 / 孔明著．—西安：陕西人民出版社，2017（2018.7 重印）
ISBN 978-224-12584-9

Ⅰ．①书… Ⅱ．①孔… Ⅲ．①散文集—中国—当代 Ⅳ．①I267

中国版本图书馆 CIP 数据核字（2017）第 331391 号

书中最相思

作　　者 孔　明
出版发行 陕西新华出版传媒集团　陕西人民出版社
　　　　（西安北大街 147 号　邮编：710003）
印　　刷 中煤地西安地图制印有限公司
开　　本 880mm×1194mm　32 开　7 印张　2 插页
字　　数 200 千字
版　　次 2018 年 2 月第 1 版　2018 年 7 月第 2 次印刷
书　　号 ISBN 978-224-12584-9
定　　价 32.00 元

代序一

一孔之见

我以编辑为职业，以写作为消遣，以读书为余乐。平日时间琐碎，喜欢写些鸡零狗碎，姑且聊以自慰。我的为文之道就八个字："有感而发，一孔之见。"

何谓"有感而发"？我写文章,或有理性思考,却靠感性冲动，无此，我宁愿读书。读书、做事、交友，或者游山玩水，忽然来了灵感，哪怕是念头一闪，也不放过，立即存储脑海，以备为文之用。好在心颇宁静，有如林拥一潭清澈，风吹便生波澜，波澜便是灵感。故此文章写了不少，倒也一脉相承。此脉者，文脉者也。我之文脉，就是写我见、我感、我想、我爱、我说。

这个我不是大我，是小我，是姓张名孔明的这个“我”。小我小见，故曰“一孔之见”。

凡我文字，必是“一孔之见”。我就是我，一路走来，一路风景，一路阅历，一路感慨；我就是我，顺境、逆境，顺逆都在前行，顺则阔步，逆则缓步而已；我就是我，名曰孔明，一孔之明、自知之明之谓也；我就是我，力所能及便积极，能所不及便消极，百分之一希望，不做百分之百努力；我就是我，不竞争第一，不羡慕第一，但永远敬重第一。第一是别人的标杆，不是我的。我的标杆就是我：麻雀不立鸿鹄之志，鸿鹄不生奔月之想。宋人释道原《景德传灯录》有载：“僧问：‘学人不据地时如何？’师云：‘汝向什么处安身立命？’”“僧问”，一如“我问”，“师云”直抵“我心”。我不迷信，却深信宿命之命，信则有，不信并非就无。想改变乎？想！甚而也想入非非，但终得“师云”一句，如“当头棒喝”，若有所悟矣。《圣经》里有句：“这样了就这样了。”此话也可以作此解：“不这样，又能怎样？”我从来厌恶“励志”书。志不是不能“励”，而是必须因人而异，王子“励志”与奴隶“励志”，效果、结果、后果必然大相径庭。蜂学不会吐丝，蚕学不会酿蜜，鹦鹉学舌也是本事，猪哼哼是因为猪只会哼哼，猪若闻鸡起舞，乃必是猪精。榜样很有力量，却如鸡群里的凤凰，能效仿吗？孔子七十二贤，未闻出其右者，可见荀子所谓“青出于蓝胜于蓝”之说未必靠谱。若其不然，荀子的学生就该比荀子学问更大吧？可他的学生姓甚名谁，今人知之乎？几人知之乎？我就不信“有志者事竟成”，道理简单得就像马拉松：参与者众，得奖者寡，冠军只能是头一名。与其在无望中与万人争那个第一，毋宁就寻个“安身立命”之所，脚踏实地做事，同时兼做自己。“人间正道是沧桑”，那就顺乎“正道”吧！

话头扯远了不是？不是！一孔之见，如此而已。我就是井底之蛙，我眼里的天就巴掌那么大。坐井观天也是观：忽而一掌天蓝，忽而一掌云白，忽而一拃彩虹，忽而一眼雾霾。不坐飞机，无法欣赏云上的蔚蓝；不立峰巅，不能俯瞰云海的波涛；不行舟于大海，不能感受惊涛骇浪与汹涌浩渺。苏东坡说：“我欲乘风归去，唯恐琼楼玉宇，高处不胜寒。”说得再好，也是一说。“高处不胜寒”，却仰望者众，所以古往今来，人皆信奉一条格言：“人往高处走，水往低处流。”其实，高处是高处的风景，未必“风景这边独好”；低处有低处的风情，诚所谓“曲径通幽处，禅房草木深”。一部《围城》，几人被点拨灵醒？乡下人向往都市繁华，蜂拥而至；城里人享受休闲，蜂拥而去。你来我往，都是痴人做梦。田园风光不好吗？主人却蜗居都城打工。都市夜景不好吗？市民却怕上街，嫌雾霾太重。忙里偷得半日闲，多半光阴在路上。千万颗人心，千万颗贪婪。都自以为正确，谁在为错误埋单？或曰：“世上无难事，只要肯登攀。”若是缘木求鱼呢？

莫笑我“一孔之见”。大餐是餐，顿顿都咥，能咥出病来；小吃是吃，吃一辈子，却吃出健康。不恰当的比喻，未必说出来的不是恰当的道理。鹤鸣九皋，鸡鸣十里。杜甫诗云：“此曲只应天上有，人间能得几回闻。”都上天去？

目录

生命的禅

生命的禅，其实就在我们身边。

老友曾宣传来访，说他父亲九十一岁了，依然硬朗，生活自理，但耳背。父子越来越很难对话。声小了，父亲连声问："啥？啥？"声大了，父亲还是连声问："啥？啥？"都听不清。令曾宣传奇怪的是，父亲和几个年龄不相上下的老人坐一块儿说话，你一言、我一语的，嘻嘻哈哈，说半天不累，好像耳朵不背呀！他自寻思："莫非老人之间，有自己的语言密码？"我笑道："或许老人们彼此心灵已经默契。说的，不必要被听清；听的，也没必要听清。嗨，他们是活出境界了！"

忽然就联想到了我的老师和师母。有一年，去乡下看望老师，师母拐个小脚，出出进进忙活。老师说："你师母忙奔了一辈子，就不能闲着，闲着就浑身疼。”前多年师母耳朵背了，老师说：“耳朵背了好，省得儿媳妇背后埋怨，听见了生气，多半还是自己气自己。”去年，师母眼睛白内障，看不清楚了，老师笑呵呵安慰她：“看不清楚了好，免得常埋怨儿媳妇给你甩脸子！”老师对我说，人老了，就这样！他对师母说：“如果哪天拐不动了，咱就用不着辛苦了，歇一歇，离世前也该让儿女伺候咱几天。”我当时无言，亦无解。现在豁然间，我若有所悟了。

或许生命的禅需要岁月才能解答。

人生如年

吃年饭，看春晚，年年复年年，已没有悬念。醉生梦死了，一年到头了;鞭炮齐鸣了,一年开始了。睡个囫囵觉,日照高楼了;吃着轱辘饭,一天打发了。过年是睡年呢,吃了睡;过年是吃年呢,睡了吃;过年是熬年呢,熬夜玩,熬夜谝;过年是聚年呢,聚而散,散而聚。年轮是车轮,转一圈是初一,转两圈是初二,转过七圈,人疲了、倦了，没有食欲了，年假该满了。一年的积蓄，几天的享受；一年的忙奔，几天的潇洒。图个喜庆，图个团圆，图个吃喝玩乐醉。你祝福我,我祝福你,祝福不出门,手机传短信。零发是“特供”，群发是“公关”。不知道谁发给谁的，只知道是批发来的。轱辘话，调皮话，吉祥话，加上不是废话的废话。废话也是话，不笑纳，就一笑置之吧。图乐呢，就寻乐和；讨口彩，先发口彩。亲朋好友，三教九流；富有富折腾，穷有穷讲究。想见的，总算是见着了；不想见的，见了就见了；该见的，那就见见吧；未见的，那就随缘吧。人是社会关系的总和，当然要受社会关系的束缚。国有国风，民有民俗，变的是顶上头发，不变的是脚下古土；变的是衣食住行，不变的是风土人情。生活在中国，不走动是不行的，走动不带礼是失礼，所以拜年就是送礼上门。礼尚往来,来而不往非礼也,礼品就像串门，走街串巷，东家进，西家出，变换着主人，“阅尽人间春色”了。有心人就做记号，果然送出去的礼品又转回来了。出发点即终点，幽默又妙哉。礼品有轻重，轻重用心称。诚心，良心，爱心，苦心，都是秤砣，揣在各自的胸腔里。人心是肉长的，越是亲近，礼品越实惠;人心是势利的，越是用得着，礼品越贵重;人心是隔肚皮的，越是不情愿，礼品越要讲究牌子、包装、体面。礼品包括礼金，也包括购物卡。怪很，钱装进红包了，好像就不是钱了；钱变成了购物卡，也好像与钱绝缘了。有人说，年假就是“假”。细思量：一半是真，一半是假；至少是：真里有假，假里有真;但毕竟:这个假，不似那个假。年假就是度假，很多人就是这样“度”过来的。

年假是没有了，年气还没有消退。收假一大早，领导挨门拜年，其实是收心呢。但顶多收一半，另一半还得睁一只眼，闭一只眼。约定俗成了，习以为常了。年一直要过到元宵节。

月圆了，团圆的日子却“完”了。“完”了要离家，离家等于离开“家”上头那个宝盖儿了，那不就是“元”了？“宵”也有意味。宝盖儿下，小月是半月，半月十五天，正月十五吃元宵，是一家人最后一顿过年饭，不免要叹年快，不免伤离别。元宵夜实际上是灯之夜，比灯是比红火，猜灯谜是猜人生。灯是警示，也是预示，奔向光明，才会有光明前程。灯火阑珊了，新年真是留不住了。留不住的还有人。丢不下孩子的丢下了，舍不得家的舍下了。父母送别，送的不是别，是下一个年夜饭的期盼；朋友送别，送的也不是别，是下一个年聚会的承诺。春运是潮水，归来是涨潮，潮涌千家万户；回去是退潮，潮退四面八方。工作稳定的，赶着销假呀；工作摇摆的，惦着活动呀；工作丢掉了，忙着应聘呀。人生如旅行，动荡是宿命。奔波的是打工族，流浪的是失业族，寻工作的是学生族。人生是把锁，钥匙被命运管着，开不开锁，何时开锁，能否开锁，天知地知神鬼知，唯独自己一无所知。就瞎碰呗，碰头彩了富贵，碰得头上挂彩了自认倒霉。人走运了，拾一张彩票都能中大奖;人不走运，被金砖绊倒了还诅咒天不长眼睛。唉……

这一“唉”，年轮如风轮，转得更欢了！昨日还在飘雪花，今天竟满眼尽是迎春花;早上“黄匹娘家花满枝”，黄昏却已“桃花乱落如红雨”。已记不得农历了，却是清明节了；还未顾上春游呢，竟是端午节了；老想去莲湖看荷花，去了，连荷叶都败了。天凉好个秋，过中秋节了;秋高宜登高，登高又重阳。秋好，偏好景不长；秋风扫落叶，倒把秋天扫走了。霜染丹枫寒林瘦，冰封绿水飞流白。只觉北风吹，未见雪花飘，怎么要过元旦了?元旦是个年引，往后人人都有个惦记了。媒体关心春运了，打工客预订车票了。超市里人气渐旺了，货架上“物流”渐快了，日用品悄悄涨价了。上班族上班不准点了，不上班的排队赶早市了，冷清的街边摊贩忽然红火了，滞销的土特产忽然畅销了。春运如春潮，潮来不可挡。千里冰封，封不住游子归程；万里雪飘，“飘”来了车水马龙。人像极了候鸟，天有约，人守约，归心是铁心，雷打不动的。南来的，北往的，东去的，西归的，都在路上，都在车上，都在车站码头上。去处不同，却是殊途同归,九九归一。一是一年的结束,一是一年的开始。一是除夕，一是初一。于是吃年饭，看春晚，一年从头来；又醉生梦死了，又鞭炮齐鸣了。一年像梦，似曾相识；人生如年，周而复始。

母爱

母爱像空气，呼吸的时候没有感觉，等到缺氧了，才知道空气的重要了；母爱像太阳，炎热的时候总想躲开，等到寒流来了，才觉得阳光的温暖了；母爱像水，畅饮的时候，不知道珍惜，等到干旱降临了，才意识到水比油比酒更金贵了！

母亲一旦受孕，无论腹中儿是何德行，爱已经生根、发芽、开花、结果了。母爱由兹始，再无反悔日。生命不息，母爱不止。不需要承诺，不需要发誓，不需要任何信物。就是个爱，简单复简单，纯粹复纯粹。前行路遥远，母爱不回头；路上多荆棘，母爱不畏惧；坎坷磨难多，母爱不可夺。撼泰山易，撼母爱难。爱你没商量，爱你没条件，爱你没原则。不打折扣，不思回报。即使渴望回报，也不以回报为前提；即使被辜负，也不以辜负为理由，减却母爱一丝一毫。

母爱大如天，大如地。千江有水千江月，万里无云万里天。母爱无所不包，无所不在。天有日月更替，地有万物兴衰。母爱包容美丑，包容善恶。在世人眼里，魔鬼十恶不赦；在母爱里，魔鬼只是儿子。生育是母亲的本能，善恶美丑却不是母亲的选择。报母爱以宽容，就是对母爱真正的理解和尊重。

在母爱面前，每个人都应该惭愧，都应该忏悔。不索取，母爱已经透支；不伸手，母爱已经到手。母亲撒手人寰，做儿女的痛哭归痛哭，转过身去，仍然笑对人生；倘若儿女有个三长两短，轻者会让母亲一夜白头，重者会要了母亲的命。儿女是母亲身上的肉，儿女要降生，母亲要经历生死考验，几乎每个母亲临盆的时候都视死如归。如果母亲的死能换来儿女的活，十有八九的母亲会义无反顾，英勇献身。反过来，有多少儿女能做到呢？

母爱是具体的，琐碎的。柔弱的身体从怀孕之日起，就甘心情愿地履行着母爱的点点滴滴。怕胖，却拼命地吃喝，宁愿使自己失去形体，也不让腹中胎儿缺少营养；怕病，却一味地拒绝药物，宁愿忍受病痛的折磨，也不让药的副作用危害腹中的孩子。节衣缩食，不让孩子挨饥饿；忍辱负重，不让孩子受半点委屈。人都要走出襁褓、挣脱娘怀，可人都似应铭记：一把屎，一把尿；睡得晚，起得早；不跳舞，不社交。不知不觉间，青春悄然去，双鬓添白丝。不言悔，不言爱，不言得与失。这，就是母爱！

人最容易神魂颠倒的是爱情，但最不能与母爱同年而语的也是爱情。爱情即使真正的，不能保证长久，爱情即使忠贞的，也不排除变质。相形之下，母爱必然长久，母爱不需要证明，也不需要考验。爱情是花，花开花落是常态；母爱是根，根深叶茂是必然。爱情是火，有燃烧，就有熄灭的时候；母爱是火种，星星之火，可以燎原。爱情是露水，晶莹透亮，却稍纵即逝；母爱是泉水，清淡明澈，而源远流长。爱情是风，说来就来，说去就去；母爱是帆，有风扬帆，无风的时候有备无患。爱情是暴风骤雨，母爱是和风细雨。爱情是“斩不断，理还乱，使人愁”；母爱是“有情若是久长时，又岂在朝朝暮暮”。爱情是“惜春常恨花开早，何况落红无数”；母爱是“无意苦争春，一任群芳妒。零落成泥碾作尘，唯有香如故”。没有爱情，有的人会发疯；没有母爱，人类必有灭顶之灾！世界上最动人的也许是爱情，但最不能代替的却是母爱。两者都是爱，都是天性，都是本能，但再伟大的爱情也需要道德作支撑，再渺小的母爱却可以做道德的基石。母爱不存，人就会像风筝断了线，就会像航船找不到了靠岸的港湾。

父爱

每个人必有父亲，每个人都有可能做父亲。对每个人来说，父亲都是具体的，都是可感知的，都是可圈可点的。人常说："父爱如山。"正因为如山吧，父爱反而不易感知、不易理解、不易认同，甚至不易亲近。苏轼诗云："横看成岭侧成峰，远近高低各不同。不识庐山真面目，只缘身在此山中。"父爱就像空气，谁能离开呼吸？父爱就像土地，几人懂得珍惜？父爱就像阳光，只有寒冷的季节，才不被人敬而远之。

不说别人，就说我的父亲。他十八岁的时候，就已拥有了我大哥。他给第一个儿子认了干大，打了银项圈和银锁。那就是父爱呀！他四十四岁的时候，已经是三儿三女的父亲了。他都为儿女做了什么？我知道的很少，不知道的更多！我们家是

“一头沉”，父亲在离村十里外的供销社工作，平日忙忙的，星期日更忙。忙里偷闲，他会回到村里，修缮老房呀，给后院垒墙呀，给猪牛羊圈里垫土、出粪呀，给自留地翻地、施肥呀，夏日拆炕、盘炕呀，入冬前准备烧柴呀，等等，那些活计都是看得见的。更多的时候，父亲是踏月摸黑回来，迎着旭日归去。盼他回来，因为他很少空着手，总带回些时鲜瓜果或者单位食堂里的油糕、油饼。在我幼时的眼里、心里，父亲就等于“好吃的”“好穿的”，因为吃穿离不开钱呀，钱都是父亲挣的。

小时候总觉父亲很伟大，却未知父亲不容易。一月就那么点工资，却有多少事等着呢。我家是缺粮户，得给生产队倒贴钱，一年得贴一二百元，相当于父亲三四个月的工资。父亲时常回家肩扛一个椽，说是准备盖房呀。他给人说：“不盖不行了，眼瞅着娃大了！”盖房是为了给大哥、二哥娶媳妇，娶媳妇也要花钱呀。家里六个孩子，都上学，都伸手要钱，钱在哪里呢？我知道，父亲一直背着账，但他很乐观，没有给儿女留下“压力山大”感。

1985年，父亲调到县政府当会计，一直到退休，日子是“芝麻开花——节节高”了，但遗憾未必就没有。他把钱都贴补给儿女了，即使对孙子辈，他也是慷慨解囊的，自己过的一直是俭朴得不能再俭朴的日子。他常操心这个没钱，那个急需钱，退休多年了，依旧出多进少。差可欣慰的是他的儿女也还算孝顺。

“差可”，是因为未必尽善尽美；“还算”，是因为本该做得更好。与父亲的付出而言，儿女的回报太微不足道了，至少我是这样认为的。我做了父亲后才懂得：父亲的付出就是爱！这爱是掂量得来的，却又是不可估量的！

人是自私自利的，尤其是儿女。父母都是生身，何以母爱更令儿女念念不忘呢？古往今来，中国社会一直是女主内、男主外。主内，母爱就显而易见，时常扑眼而来；主外，父爱常被时空隔离，看不见，摸不着。比较而言，与母亲容易亲近，也就容易交心，所以母亲多半是“慈母”；与父亲缺少朝夕相处的机会，隔膜也就与日俱增了，父亲也就多半变成“严父”了。显而易见，母爱是感性的，靠本能就可以领略到一种挂怀，一种思念；父爱是理性的，就如同静海深流，看见的是风平浪静，而非波涛汹涌。父爱不被自述，必然为岁月所尘封；父爱不被转述，儿女一辈子都会浑然不知。很多父亲到老，一腔的爱都被岁月稀释了。“问君能有几多愁，恰似一江春水向东流。”人世间，有多少父爱变成了父愁呢？

几日前见到一位老朋友，提起他的父亲，一声长叹。他的父亲已过九旬，忽然脑梗，住院抢救后转危为安，却不认得儿女了，言语与大小便俱失禁，开口就骂人，满嘴都是脏话，常令儿女难堪。朋友说，他父亲一辈子争气，与人为善，彬彬有礼，对儿女少有所求，只求自己健康，不拖累儿女。朋友不怕拖累，却遗憾眼前的父亲与以前的父亲判若两人。不管怎样回报，父亲已浑然无觉了。

杜甫诗云：“人生七十古来稀。”朋友也逼近七十了。他的话一直堵在我的心口。撰写此文的时候我才若有所悟：父爱不是一句话，回报父爱也不是一句话。

不思回报

不思回报是相对“恩”而言的,有两层意思:其一,施恩于人,不思回报;其二,受恩于人,不思回报。

先说前者。做人离不开德行,德之一便是恩,即恩德。有恩德之心,才谈得上有施恩之举。施恩当然有个前提,那就是一定实力,譬如财力、智力,还包括力所能及之力,甚至举手之力,如指路,如善言,如顺水推舟等。自古道“大恩不言谢”,很有道理。恩大如天,恩重如山,言谢何用?如生育之恩,如救命之恩,如人生再造之恩等,不言谢是因为一个“谢”字轻如鸿毛。

施恩于人,何以就该“不思回报”?其一,“思”也白思!譬如慈善捐款,若非面对面,谁受益,天知道。其二,“思”也多半“单相思”，遇着第二种“不思回报”之人，没辙！其三，“思”更多的时候没有意义，相对施恩者言，受恩之人多半属于弱势群体，即使常揣回报之心，也是力不从心。常人知之不能，也就索性不思。一般而言，施恩并非割肉，顶多也就相当于拔一根头发，思如何？不思又如何？同样是慈善，捐一百元和一百万元都是捐，但捐和捐必有不同的感受。对工薪阶层来说，捐一百元并非微不足道，但对一些富人来说，捐一百万元却如同九牛一毛。如此说来，不思回报，也有不思的道理。

但不思回报，不等于永远得不到回报，即便不能直接得到，也可能间接得到。施恩之人不管有无施舍之心，实际上行的就是施舍之举，此举乃善举。自古道：“善有善报，恶有恶报。不是不报，时候未到。”对这句话，我宁愿作如此理解：人的善恶，报是必然，感觉不到，不等于就没有“报”。“善报”是春风化雨，“好雨知时节，当春乃发生。随风潜入夜，润物细无声”；“善报”是修桥补路，自铺锦绣，到头来坐享美誉，落个有口皆碑；“善报”是心安理得，“为人不做亏心事，半夜敲门心不惊”，不但不做亏心事，还尽做些好事、善事、美事，半夜敲门，必是好事上门，笑都来不及呢！至于恶报，且按下不提。

再说后者。既已受恩于人，焉能不思回报？古人云：“将恩不报非君子，万古千秋作骂名。”但普天之下，谁是君子？有多少人是君子？君子、小人，脸上都无标签，思与不思，报与不报，天知道，鬼知道，还有就是自己知道。世间有寡恩之人，必有薄情之辈。所谓世风日下，人心不古，不思回报还是好的，恩将仇报的例子，人间比比皆是。譬如街头，好心人上前扶助，反而遭遇讹诈，这不就是恩将仇报吗？天地良心，唯有自我拷问，自己明白。借钱为何要打借条？先君子，后小人，免得遇到昧心的主儿，百口莫辩，打官司都没得证据。

其实不思回报，很难，很难，多半人都做不到，做到的也多半要打折扣，不打折扣的也经不住推敲。譬如养育之恩，乃是大恩，不思回报可乎？自古道：“养儿防老。”抚养幼与赡养老，一脉相承，天经地义，所以被写进法律。人有生老病死之忧，必生养老送终之望。并非奢望，却是悬望，甚至念念不忘，才合天理人道。中国讲孝道，孝排斥的就是“不思回报”。又如男女，越是恩爱，越思回报。所谓爱情，说白了就是一报还一报：你给我一束玫瑰，我给你一个热吻；你给我一份真诚，我给你一份信任；你给我一个矢志不渝的承诺，我给你一个永不变心的坚守。一个巴掌拍不响，一厢情愿只能是剃头担子一头热，单相思多半是自讨苦吃，甚至自讨无趣。其实亲情、友情，莫不如此！越是亲密无间，越是斤斤计较；越是不分你我，越是不能马虎。不思回报，说说而已，谁若当真，谁脑子就进了水。俗话说：“亲兄弟，勤算账。”不算不行呀，厘清了你的、我的，才能廓清什么是恩情，什么是恩德。“路遥知马力，日久见人心。”该争多论少了，不争便是德，不论便是恩，不争不论还舍弃，那就是恩德！

有恩而不思回报，不是恩德，也是美德！

爱友

先说爱。就是个爱：爱山，爱水，爱明月；爱花，爱草，爱绿色。再说友。就是朋友：情意往来，有男也有女，不见的时候想，见的时候喜形于色。故此，我向人介绍朋友的时候，若是女性，喜欢说“女友”。一些人理解，一些人不完全理解；一些人误解，一些人故意误解。呵呵，都不解释。既然人分男女，朋友有男女，应该是常识。至于爱，形而上，形而下，形而中，在意会与默契之间，差异需心灵去估摸，深浅需岁月去丈量。路遥知马力，日久见人心。人心是海，即使清澈，却不见底；即使映月，却够不着。

一个皓月当空的夜晚，我一个人孤独地散步，忽然想起了自己的爱友——曾经的，当下的，穿心而过的，时常牵肠挂肚的，偶尔还隐隐心疼的。不刻意去想，已经在想；无须搜肠刮肚，心上本来就有；不设定了标准去筛选，从心灵里蹦出来的，便是历经了风雨洗礼、岁月打磨的。爱就是爱，呼风雨就来；爱就是爱，不请自己来。纯粹，不含杂质。纯粹的敬不算，因为敬而远之，于心灵上貌合神离。敬也可能长久，那就永远敬而远之吧！爱却亲近，不隔，不设防，心有灵犀一点通。

对爱友，心灵深处，仁爱、亲爱、情爱、友爱，合而为一，可谓大爱。牵挂、担忧、惦记，是心灵的事，是自然而然的事，不需要理由。欢乐的时候会想，悲伤的时候会想，久而不见会想。能往来便往来，不能往来，便存着念想。随缘，随心，随意，随天安排；顺情，顺理，顺变，顺从天意。书信时代，常会去信；信息时代，常会通话，发短信、微信，或者在 QQ 上献上一朵玫瑰。爱，无关朋友的事，自己的心，自己感觉、感受、感念。爱友如爱月，弯如钩，满如盘，都美；爱友如爱花，初绽，怒放，凋落，心情一如，不改初衷。

每当想到自己还有这么多的爱友——男的、女的，如莲的喜悦充盈了自己的心池。男友、女友，都不可或缺，都不可替代。有事，无事，甚至无聊，会向爱友求助。爱友是另一双脚、另一双手、另一双眼睛，甚至另一个大脑。有时候，爱友出手，常常大事化小，小事化无，麻烦事迎刃而解，纠结事顿时释怀，糊涂事豁然明白。

女友是另一种友，美友，魅友，媚友，过心之友。女友是一首诗，一阕词，一曲歌，一幅画，一部童话、神话、梦话，一弯山上月，一段天边云。与女友往来，春风扑面，芳香扑鼻，如花开四季，四季都爽心悦目。于是心生双翼，热情舒展，如蝴蝶放飞，花间穿梭不知累。一瓣花，一味禅。知心花解语，知音月吟哦。与女友对话，心灵的窗口敞开，心房的天空晴朗，清风明月入怀，蝴蝶蜜蜂翻飞，口若悬河无遮拦，妙语连珠大自然。与女友品茗，心无挂碍，在茶里回味似水流年，在话里感受诗情画意。风轻赏心半湖月，竹幽对弈一杯茶。

爱友，首先是爱，发自内心，不由自主。一厢情愿也是爱，自作多情更是爱。爱是自己的事，乐意，愿意，快意，意气用事，义无反顾。男女之间，关乎风月，风轻水荡漾，月白云徘徊；男女之间，不关风月，风起清莲静，月走白云闲。不攀比所谓恩恩爱爱，世间反目的多是曾经的恩爱夫妻；不羡慕所谓卿卿我我,朝三暮四的多半是曾经形影不离的。夫妻可以做爱友，爱友不屑做夫妻。夫妻狭隘，排他主义其实是独占主义，其实是孤立主义，却常常自己孤立自己；爱友宽阔，包容、兼容、溶溶，海纳百川，有容乃大，大而化之，至于化境：“千江有水千江月，万里无云万里天。”

人在旅途，各色人都有，不是所有人都可爱，不是所有人都可憎。吃五谷杂粮，生七情六欲，爱和恨如影随形。把恨放下，把爱留下来，留给自己，日积月累，心灵必然越来越富有。爱钱，钱是多少足够？爱友，友是多多益善。爱友多，精神富有，便是精神贵族。只有精神富有者，寂寞才是一种境界，孤独才是一种享受。蜻蜓点水，美妙在若有若无；轻描淡写，逼真在如诗如画。不生奢望，不在是非上纠缠；不存幻想，不在得失里纠结。各自独立，却可以信托、信赖、信守；相互牵挂，却可以放心、放下、放手。

岁月催人成熟，也催人觉悟。古往今来，爱友可遇不可求。遇的都是缘分，都是幸运，都是天赐的恩典，必须珍视、珍爱、珍藏。人到中年，才豁然明白：岁月不倒流，爱友不再生。

人在旅途，爱友是精神伴侣，只要精神牵手，即使天涯，亦如咫尺。岁月老，爱友老，天若有情天亦老。

惦记

每过一段时间，我会在有意无意之间盘点自己的心得。我发现自己忘记了很多，却也有很多人、事伴随着岁月流逝，反而越来越清晰。不用问为什么，因为内心一直有所惦记，即使在忙奔中忘乎所以，那种刻骨铭心的惦记如同睡眠卡一般，只要激活，必会抖搂出一连串的美好故事。我常写我的故乡，写我身边或者远方的人、事，总有人问我:“你咋记得那么清的？”多半人夸我记性好。我用微笑默认，甚至得意，但我知道自己忘记得更多。小时候，整台的戏词我能倒背如流，现如今已经不能够了。然而但凡走心的、上心的，在心灵上留下烙印的，或者被我心领神会了的，或者我存心要牢记的，无论人事抑或诗文，我都会如数家珍，道个一二三来。我有写日记的习惯，从中学保持到现在，只要一日能记住的人、事，当天都会转化为文字。与人往来，再细微的恩惠也是恩惠，即使琐碎，我也要写进日记，写的过程就是一次回味，心灵也便如此得到滋润。微尘之事总关人情，每每重温，便觉人情贵重。我不迷恋收藏，却热衷珍藏人际交往中的物件，包括纪念品。忽一日抚物思人，被岁月尘封的记忆之门豁然敞开，往事不像往事，倒像刚刚发生。我就想，所谓纪念品，其实就是惦记人情的岁月按钮。心中若无惦记，纪念品也就失去了纪念的意义。

惦记最美。掂量这四个字，确实是这样的。我不记仇的，但记恩：生养之恩，师授之恩，提携之恩，关照之恩，滴水之恩也是恩，譬如指路的、善言的、一瓢渴饮的，等等，必放在心里，时时品，时时悟，时时身体力行；记情：亲情，友情，爱情，顺水人情，邻里的，同事的，同窗的，你来我往的，日积月累的，那淡淡的也是情，人之常情更是情;记好：友好，示好，和好，好生欢喜，那是美好，是真好，是百年之好！心里放的是恩、情、好，就像花朵在心房里时时开放，就像春水在心池里时时荡漾，就像心空时时有暖阳高照，能不美吗？

月是故乡明，那是明摆着的，儿时的多少个夜晚，看见过多少回月升月落、月圆月缺？又在明晃晃的月光底下有过多少回嬉戏、追逐、玩耍？童年如梦，梦的附体是故乡，所以故乡总令人一生回味，一生惦记。与此相联系，是兄弟姊妹间与生俱来的情分。童年牵手，注定了一生要牵肠挂肚。手足情，是不了情，打断骨头连着筋，彼此惦记是自然而然的，所不同的，只是个多少。可多少为多？多少为少？只能用心去度量了。

同窗相遇是偶然，同窗友情是必然。偶然结缘，乃是不解之缘；必然生情，乃是旷世之情。情遇着缘了，就难舍难分了，你中有我，我中有他，一个牵挂，能扯出一连串的故事，那枝枝蔓蔓里都有情，都是情呀！有情就有惦记，惦记又反哺真情。

人，谁无初恋、暗恋、热恋？但凡是恋，即使昙花一现，不美吗？不美的是得失中的斤斤计较。拥有赤子之心，便拥有回味之美。那懵懂而生的爱意幽幽，那赤诚付出的情意绵绵，那甘心情愿的以身相许，那曾经的情投意合、花前月下，那有过的甜言蜜语、海誓山盟，那忘我的如胶似漆、形影不离，只要被心灵惦记，就不会被岁月稀释。忽一日邂逅，那惦记引起多少美好的回味？忽一日重逢，那惦记唤回多少美好的时光？人生有太多的无奈，几人能成眷属之美？人生之路四通八达，多半人要天涯咫尺，或者咫尺天涯！如果是宿命，那就顺其自然吧，但惦记是心灵深处的鸡汤，拥有而时时回味，就像回味一本书、一首诗、一支歌，多美！

我爱，所以我惦记！苏东坡词曰：“多情应笑我、早生华发，人生如梦，一樽还酹江月。”多情便多惦记。既然人生如梦，何如惦记一切美好，使自己活得滋润些。惦记，其实是自己的爱滋润自己的心！

养

方块汉字真好，顺手拈来一个，越琢磨越有味道。譬如养，不假思索， 就浮想联翩。每个人都是爹娘养的，养育之恩不能忘；养儿防老，老有所养，都离不开养。现代社会流行养生，营养就成了食品的标签；现代女人爱美，养颜就必不可少；游山玩水,养眼是一，养心是二。国家养兵，休耕养地，为官养廉，挣钱养家，受伤养伤，生病养病，亚健康疗养，富得流油了养尊处优，优哉游哉，颐养天年也。

养需要静，所以有了静养；养需要修，所以有了修养；养需要涵，所以有了涵养。三“养”贯通，以静制动，物我尽在其中。曲径通幽处，禅房草木深。不身临其境，不能亲近清静；不放下名利，不能远离热闹。静观草木枯荣，静望日月升降，静待天地轮回，静悟色空如来。修品行正道，养性情真元，那就是修养了。把灵魂寄养在芬芳里，把心情泡养在清澈里，把理想放养在浩渺里，神定气闲，超然物外，物欲横流而不为所动，造化弄人而处变不惊，那就是涵养了。涵养天地间，心境自敞阔。养安静心，所以人需要养心；养滋润性，所以人需要养性；养寄生志，所以人需要养志。读快哉美文，养浩然正气。“落霞与孤鹜齐飞，秋水共长天一色。”修炼到这境界，几可与佛握手了。

繁体的“養”字，更耐人寻味。上边一个“羊”字，下边一个“食”字，有肥羊，有美食，那是小康的日子。告子（与孟子同代）说：“食色，性也。”食与色兼有，人性的“养”才成为可能。食即五谷杂粮，天天有饭吃，那叫“养活”；羊是人间美味，想吃就能吃，那叫“养生”。“养”只要“食”，不要“色”，是怕色乱性吗？怪不得古往今来，所谓修心养性之人，多以“正人君子”自居，多以“不近女色”自诩。“不近”，不等于不想吧？孔子说：“唯女子与小人为难养也，远之则怨，近之则不逊。”却不顾子路反对，与卫国第一夫人南子（香艳女子，名誉不佳）幽会。两千五百年来，孔子的孝子贤孙知多少？即使鸿儒大德之士，明媒正娶之外，“养小”的不少，美其名曰：“不孝有三，无后为大。”“养小”为了“有后”，人或相信；“养小”只为“有后”，鬼都不信。一个“養”字，并非名副其实。

自古以来，朝廷养贤，诸侯养士，豪门养丁，穷乡僻壤养懒汉。养贤是储备人才，养士是装裱门面，养丁是护卫庭院，养懒汉是因为懒汉好逸恶劳，袖手好闲。四个“养”，唯后者是天养，是地养，是自养，他们混一天算一天，只能混个温饱。顺着“养”字往下想，越想越觉着“养”字里边有文章。人喜养猫狗：猫逮老鼠，狗咬生人，这个“养”是实用主义；人爱养花鸟：花色养眼，鸟语悦耳，这个“养”是享乐主义。饱暖思淫欲，富贵养怪癖，所以天上飞的，地上走的，水里游的，都有人养而自乐。被宠养的动物叫宠物，在一些养家眼里，宠物比人还尊贵。名贵狗不是狗，名贵猫不是猫，养了藏獒，等于囤积了股票。百孝养为先，久病床前无孝子；宠养无回报，才是真正的无私奉献！

人是越来越讲保养了，也越来越懂营养了，是否养人成了吃喝标准，不再为吃喝而吃喝。绿色食品走俏了，五谷杂粮珍贵了，野生果蔬稀罕了，农家乐赶上养生时代了，连“养”字也就返璞归真了。

礼佛

礼佛如何是礼自己？其实多数人也是顺口一说，或者人云亦云而已，未必会放心上，更未必去参悟明白。“三才者，天地人。”人生天地间，比较而言居于下位、弱势，说是人定胜天，说说而已，真正天怒了，人何以堪？在天地面前，人何足道哉！妙在天地人，天地不语，唯独人在自说自话，且多半是梦话。天地不语，或者天语人懵懂，哑语人不知，人便妄自尊大，以我为中心，面对大千世界，一边感知，一边觉悟，一边说三道四。大觉悟者得大道，大而话之，曰《圣经》，曰《金刚经》，曰《道德经》，等等。大道逼近天言，常人莫能全解，至多一知半解。以经示众，启示、提示、揭示，使之普及为常识。佛教一流有禅，当头一棒喝，或者拈花微笑，或者王顾左右而言他，都是要打掉人的妄想、妄念、忘乎所以与妄自尊大，不在“我”上纠缠。可惜禅为一宗，虽流行却不能普度众生，至少未能使众心觉悟，只令仁者见仁，智者见智。众生执“我”，以“我”知为标格，我证则我信，我信则我迷，我迷则我从，我从则我愿为驱使。譬如世间有无佛？在众生眼里，无，可以理解；有，何以验证？本来《金刚经》白纸黑字在那儿，似乎一切昭然若揭，似乎一切似是而非。众生无论是否与闻，总是执“我”，以我相想象法相，故而庙堂之上，佛像只是人像放大，形神兼备却与人无异。若要人心悦诚服，除非佛现身为人，并如人一样开口说话；佛若现身为众生之飞禽走兽，则人必视之为飞禽走兽，而不以为意，更不会毕恭毕敬。供佛无论泥塑、木塑、金塑或者玉雕，俱为人造，才有毁佛之说。泥塑之佛，焉能开口？佛像不能言语，此是常识。破除迷信，破的就是常识。殊不知，佛像并非佛，亦是常识。两造被人为混淆，以佛像证佛，佛的虚妄可想而知。人一旦不迷信佛，善哉，善哉，阿弥陀佛，于人何用？又与佛何干？人是实用主义者，无用，或者当下无用，不能当钱使，不能当饭吃，还礼个什么佛？

天地造化，人为精灵。人虽不能胜天，却可以感知天地造化之美妙，于中发现自然规律、宇宙法则。中国儒、道、佛，孔子、老子、释迦牟尼，土产的、进口的，都是先知先觉者，众人、后人奉若神明，他们便是神明。他们之言，便是经。古往今来，经只为少数人所研习，多数人则习惯于皈依或迷信。凡迷信者，其实执“我”而不自知，不能我证，却相信他证，幻想修到某个境界便可以自证。常识是只要执“我”，便不能证佛。如果“我”能证佛，那还修个什么？在他们眼里，礼佛也就礼佛，依旧佛是佛，我是我，只是妄想生幻觉，痴心有朝一日，摇身一变，自己成佛了。古有一说：“放下屠刀，立地成佛。”佛究竟为何？何以“放下屠刀”，便“立地成佛”？若信此说，面壁向佛者岂不难堪？不信此说，何以“苦海无边，回头是岸”？悖论之所以发生，仍然是因为执“我”，所以对佛不知不解、不觉不悟。其实只要执“我”，佛便不可解。

天主教、基督教信奉上帝，其实上帝与佛是一个山头，只不过“横看成岭侧成峰”罢了。西方科技文明高于东方，信奉上帝者反而众多，何故？只能说西方民众需要上帝，便宁信其有。这个“信”并非迷信，可以理解为自信、信心；这个“有”并非无中生有，而是心中自有。把上帝理解为一种精神寄托、一种灵魂归宿、一种信仰神化都无不可。以此论之，把佛何妨理解为一种精神租赁。譬如我不拥有豪宅，我租住而居之长久，与拥有何异之有？一些人拥有却长期闲置，等于没有。此即有无之相生乎？空不异色，色不异空，此之谓乎？

租也罢，借也罢，总之是把佛请回家，家里就有佛了；把佛藏在心里，心里就有佛了。佛是啥？佛不是佛像，佛像再庄严，也是人造的。造佛是传播需要，是一种迎合，是为了以物相示众，目的仍然在于教化，在于感化，在于潜移默化。佛像不可能开口说话，说话的只能是人。大和尚再大，也是人，不是佛。如此说来，如何理解我即佛，佛即我？我心里有佛我就是佛，正如同我心里有鬼我就是鬼一样。我即佛，可以我证，亦可以心证，唯独不能他证。佛真正入住心房了，无须心证，当然我即佛，佛即我了。心里有佛，眼就是佛眼，慈悲为怀，大千世界一如哉！佛心如日月，万物皆化有，昆虫是佛，蛇蝎是佛，飞禽走兽更是佛，那我如何不是佛呢？打通如此关节，礼佛不就是礼自己么？

入定

秋，雨游法门寺。瞻仰佛指舍利毕，朋友一行多人步入禅堂，跟着大和尚打坐入定。大和尚示范盘腿，合掌，深呼吸，气沉丹田，如此者三。然后闭目，手心向上，自然放置双膝之上，归心一处，万念俱去，坚持二十分钟，乃上。

大和尚上善若水，众朋友从善如流，须臾，俱身心一如，而以定制动了。初，耳边只是个静，万籁俱寂的那种静。仿佛一步登天，身在了云霄之外，喧嚣远遁，欲望尽消。心潮回落，骤然平静；灵魂安妥，怡然自得。烦恼如风过耳，愁绪荡然无存。我思故我在，我坐独我知。身边分明坐众友，众友如何无声息？此时无声胜有声，莫非众友俱入定？

此时此刻，不知众友，我只知我。入定，似入定，未入定。

我思故我在，岂能入定乎？虽然未入定，毕竟心安静。无烦恼干扰，有思想自由。我从何处来？我从来处来！我往何处去？我往去处去！打住！佛说应无所住，我却“住”矣。禅宗大德，何等修为？来处无须问，去处无须答，已无牵挂已无禅，那是无我的大境界，寻常如我者，如何敢鹦鹉学舌？即如当下，大和尚打坐，我辈亦打坐，岂能同日而语？脱离红尘久，参禅岁月稠；跳出三界外，不在五行中！如此大阅历，才有了如此大自在。行走如款款信步，说话似涓涓细流。我辈功名利禄客，一坐就能悟法门？真乃痴心妄想也！

然，知自己之“来处”，亦算得阅历也。一叶知秋，一半的人生之旅，已半知人生滋味矣。喜怒哀乐有，苦辣酸甜有，阴晴圆缺亦曾经有。各人阅历，各人知道。即如我的“来处”，就是玉山脚下、灞水河畔、横岭高地上。有沟有岔，有坡有梁。近山，却不能靠山发财；临水，却只能靠天吃饭。风是空调，雨是自来水。槐花开得满沟白，曾把槐花当口粮，算得是饥饿岁月里的温馨记忆了。不幸，万幸，还是个幸而有幸！幸而有学上，才挣脱了“来处”；幸而有书读，才奔向了“去处”。“来处”不是少年梦，却是“去处”梦源头。一步一步走来，走到了此时此刻；历经了多少沉浮，才坐在了打坐的地方。不是每一步都坎坷，也不是每一步都平坦；不是每一天都阳光明媚，也不是每一天都凄风苦雨。走过的不全是荆棘丛生的羊肠小道，也不全是锦绣铺就的阳光大道；寒露霜降的时候沐浴过明媚温馨的阳光，风和日丽的时候领教过突如其来的寒风。想得很多，做得很少；梦想成真，梦想落空。被梦拽着，被梦哄着。“梦里寻她千百度，蓦然回首，那人却在灯火阑珊处。”总算是梦醒了，却如何“满纸荒唐言，一把辛酸泪”？

脸上痒痒的，是泪吗？是泪，莫名的泪。心却释然了。这样了，就这样了，这样确实好。此时此刻，我，孔明，一个黄土地的儿子，坐在了这样的地方，是缘定，也是幸运之神的安排。我未入定，所以我思我想，我为自己庆幸。有多少人正在风雨里奔走？有多少人正在长途上跋涉？有多少人正在为生计忙碌？又有多少人正在忍受着命运的煎熬？相对轮椅上的人来说，能跑会走是幸运的；相对病魔缠身的人来说，身体健康是幸运的；相对失业待岗的人来说，有一份工作是幸运的。人都有梦，为梦活着是美好的，但只为梦活着是不现实的。有时候，放下是应该的，放弃是必要的，安于现状并非消极，孜孜以求未必就积极。所谓平常心，就是菩提心；所谓慈悲心，就是佛祖心。随遇而安，是因为不生贪婪；知足常乐，是因为没有非分之想；难得糊涂，是因为人总为聪明所误。做自己，不是放纵自己；为自己，不是迁就自己。心里只有自己，必然自私自利；心里没有他人，必然为利所惑。

顿悟，豁然开朗。人生是美好的，活着是美好的，能这样打坐是美好的。想到这儿，分明闭着的双眼，却看见了一朵亭亭玉立的莲花，散发着淡淡的芳香。心，不由生出了喜悦。

入定结束，双眼睁开，大和尚是那么慈祥啊！

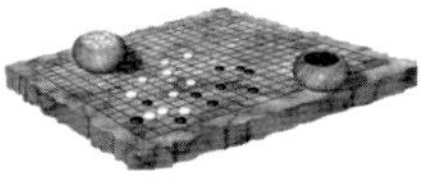

着相

读经念佛，都避不开一个词儿：“着相！”我不明白，却想明白，免不了苦想，想到不惑之年，应该“不惑”了，却仍在“惑”与“不惑”之间。这就妙哉，因为我终于得了话头，有了话说。

先说“着”。如果读“zháo”，人就最容易联想到“着火”“着迷”“着魔”等，此“着”有“挨上”“受到”“燃烧”等义项；如果读“zhuó”，人就又最容易联想到“着墨”“着色”“着眼”等，此“着”有“接触”“挨上”“依附”等义项。显而易见，读音不同，义项交叉焉。我到现在都弄不明白，“着相”的“着”是读前者还是后者。佛学有“执着”之说，如果当“执着”讲，那就必读后者无疑了。

再说“相”。按《现代汉语词典》的解释，结合“着相”的词面意思，应该适合下列义项：外貌；相态；物体的外观；坐、立等的姿态等。坐有坐相，站有站相，就是这个“相”；人不可貌相，海水不可斗量，也是这个“相”。以此类推，“着相”似乎应该这样理解：执着于某种观念、信念、意念，或者死守某种规范、规矩、规则，不灵活，不变通，不觉悟，痴迷近于鬼迷心窍，陶醉类于醉生梦死。比如俗话说：“只要功夫深，铁杵磨成绣花针。”道理是道理，但真要拿一根铁杵去磨针，那就是“着相”了。唐代有个禅宗故事：一个小和尚天天打坐，一位高僧问他：“打坐做什么？”小和尚答：“成佛！”高僧便拿了两块砖，坐在小和尚旁边磨起来，天天磨，磨得小和尚终于忍不住问他：“你做什么？”高僧答：“磨镜子呀！”小和尚反问：“砖头能磨成镜子吗？”高僧慈祥地笑了：“打坐能成佛吗？”小和尚“着相”了，高僧以砖开示，小和尚终于开悟。高僧乃南岳怀让禅师，小和尚即其高徒马祖道一，后来亦成一代禅宗高僧。“着相”之说，是否指此，以上想当然尔，不必较真，否则便是“着相”了。我倒主张，悟者自悟，不悟也在情理之中。“着相”就“着相”吧，总不能人人都大智大觉吧？

“着相”虽然可以宽容，但并不等于就可以由着自己执迷不悟，正如同烟瘾不能戒除，并不等于戒烟之说就没有价值。人，还是不“着相”好。自古道：“读书明理。”明理，就会“读书破万卷，下笔如有神”，就会“通古今之变，究天人之际”，就会“世事洞明皆学问，人情练达即文章”。偏就有人好读书，不明理，正所谓“死读书，读死书，读书死”。不说这样读书有无意义，单说这样活着，有什么意思？我就听不得刻苦读书的故事，那是痴人犯傻，和拿砖磨镜子差不多。道理明摆着：不是所有的人刻苦读书都会如愿以偿，不是所有的人“头悬梁，锥刺股”都会“学而优则仕”。现在的教育，就是“着相”的典型。首先是家长“着相”，认定了早读、苦读、多读必然就对孩子成才有利，认定了上名校、请名师、多补课必然就成龙成凤，认定了学会书画琴、歌舞乐必然就多才多艺，多一条出路，却无视一个事实：孩子和树木一样，给足阳光、空气和水，树木自己就会茁壮成长。风要刮，雨要淋，寒暑霜冻是自然，是必然，没有能例外者。温室里长不出参天大树，广阔天地里也不可能都长成参天大树。小草长不成大树，杨柳长不成松柏。小草即使长在高山上居高临下，仍然是小草。笨鸟可以先飞，但别指望灵鸟都不先飞；龟跑得再快，也跑不到所有兔子的前头去。不“着相”就是不抱幻想，不生妄想。世界上以平常人居多，所以拥有平常心，就不容易陷入“着相”的境地。文学也容易使人痴迷，有一种说法：“文学是痴人的事业！”痴迷就是“着相”，就是相信一分付出，必有一分收获。事实上呢？痴迷文学只有极少数人功成名就，绝大多数人命里注定要默默无闻。文学是有闲阶层的事业，并不钟情一厢情愿的孜孜以求者，更不怜悯穷困潦倒者。对多数人来说，文学是画饼，可以欣赏，却不可以充饥，不明白这个道理，可以说百分之百“着相”了。

人都可能“着相”，也都可能不“着相”。是否“着相”不可怕，可怕的是“着相”后的偏执、偏信、偏见，认了死理，便不撞南墙心不死。更可怕的是等撞了南墙的时候，基本上已经该“盖棺论定”了。这是人的局限，也是人的宿命。人啊，就是“着相”来了。正因为这样，佛才有了存在的理由。

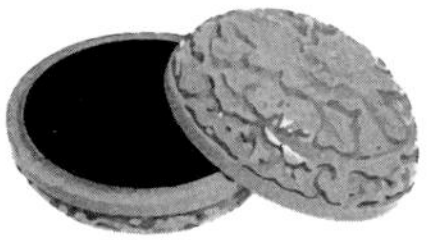

安

有房屋，有女人，那就是“安”。人生在世，求的也就“安”而已。在农村，尤其如此。一个人老大不小了，没房子，没媳妇，那叫恓惶；一个人把儿子养大了，给儿子盖不起房子，娶不起媳妇，自觉矮了人半截。人老几辈子，关中农民的梦想：“老婆孩子热炕头。”有房子才有炕，有媳妇才有孩子，两全其美了，梦想成真了，心里有家了，安心务农了，才有奔头了。反之，光棍一条，莫说一个人不安，一家人不安，四邻不安都有可能。农村有些小伙子不务正业，左邻右舍常这样劝说他们的父母：“快给娃找个媳妇么！”言外之意昭然若揭：娶回一个媳妇，收回一颗浪子的心。可家贫，没有房子，谁跟？就是两情相悦的一对儿，男方没房子，热恋也得掰。我有个玩伴和邻村女子好到高中毕业，眼看着那女子进了别家门，哭都没眼泪。某一天，在赶集的路上两人相遇，我的玩伴撂了一句话：“祝贺你嫁给了房子。”那女子也回敬了一句话：“难道跟了你睡大场去？”我还有个玩伴一表人才，却倒插门，也是因为没房子。一个男人，没房子就等于没女人，“安”从何来？

安了，就全了，全心全意过日子，叫安全；安了，就守住本分了，叫安分；安了，就不惹是生非了，叫安生；安了，就心无旁骛了，叫安心；安了，就乐在其中了，叫安乐；安了，就可以忙里偷闲了，叫安闲；安了，就睡得踏实了，叫安眠。这个安，那个安，重中之重还是个安全。儿女要外出打工，做父母的千叮咛万嘱咐，不是挣钱，不是发财，不是出人头地，而是安全。一个人的安，全家人的福；一个人欠安，全家人都惴惴不安；一个人失去了“安”，一家人就失去了“全”。所以，安全，就是“全安”——全家安宁！

“安”喜爱“平”！平常，平凡，哪怕平庸，黏住安才平安。人有平常心，不生奢望，就无所谓失望；不生贪婪，就不会适得其反。因为平凡，所以平安：力所能及则努力，能力不济则放弃。大人小心，圣贤庸行。做人谨小慎微，就不容易出格；做事小心翼翼，就能避免出错。圣贤尚且“庸行”，平民百姓不平庸而何？有一句口头禅：“平安是福。”人无平安，一切扯淡，无论贫富贵贱。车行大道，谁不希望一路平安？舟行大海，谁不祈祷平安抵达彼岸？人在旅途，道路多曲弯，多坎坷，多荆棘，所求者何？平安也。一个人外出，亲友祝平安，向家报平安。安贫乐道，平安是最大的福报；安享晚年，平安是前提条件。一个人坐卧不安，常常是遇到了过不去的坎儿；一个人腰缠万贯却席不安枕，原因恐怕天知道，地知道，自己更知道。为人不做亏心事，半夜敲门心不惊，所以好人多半一生平安。

老百姓盼啥？国泰民安！杜甫诗云："国破家何在，城春草木深。感时花溅泪，恨别鸟惊心。"连鸟儿都"惊心"，人还"安"个甚？所以欣逢盛世，老百姓期盼长治久安。汉唐盛世，首都名曰长安，寓意也是长治久安。国家一体，国安则家安，家安则国安，这是常识。家何以安？安居所以乐业，房子还是个绕不开。房产是 GDP，房价却令老百姓望房兴叹，这是悖论，更是危机。蜗居起码遮风挡雨，没有房屋，等于人没有衣服。"先天下之忧而忧"，肉食者谋之，肉食者"忧"乎？民生所系，房子第一。居安尚且思危，何况居无定所呢？只有把家安在房子里，才能把心安在家里。否则，所谓"安定团结"，只能是一句安慰而已。

人生的保险

现代人都热衷为自己办保险，这个险，那个险，恨不得把自己装进“保险箱”了才心安,殊不知保险的最高境界不是获赔，而是一辈子没有获赔的机会，譬如人寿保险、医疗保险，健康长寿是根本，获赔了，其实等于健康已经透支了，是否得不偿失鬼知道，偏偏鬼不告诉人，人就只好哄自己了。譬如重大疾病保险，谁爱为了获赔寻着得那个重大疾病呀？宁愿让保费打水漂算了。或曰：一辈子健康，起码儿女受益。这话不无道理，我也就不批驳了。

以我的高见，人生最大的保险是真诚，是信任，是关心，是帮助，是友爱，是和睦，是与人为善，是雪中送炭，是滴水之恩泉涌相报。这是真正的福报，也是人与人之间的互报。譬如指路，举手之劳而已，却使路人免走了错路、弯路、歧路。人在旅途，谁不赶路？谁没有迷路的时候？为他人指路，就是为自己修桥补路。譬如帮老，不能因为被老讹过，就有了放弃帮老的理由；不能因为世上有遭遇讹老的事例，就见死不救而心安理得。人都会老，谁人家里无老？漠视老，等于是漠视自己。不要以为自己清白、自己健康、自己家里条件优越，就坚信自己永远都不会有需要他人扶一把的时候。举一个极端的例子:某高校甲、乙俩教师住一个单元，门对门。两人不在一个系，不教一个专业，也无利益瓜葛，也许都抱着“各人自扫门前雪”的人生哲学，互不往来，更井水不犯河水。一日，甲家忽然来了俩人，带着切割机拆卸大门。乙家恰好有人，蹊跷而不管不顾，结果是甲家被盗，损失惨重。最窝囊的是大白天，对门有人，却让人用切割机割卸了门。如果乙多事一下，打个电话，报个警，甲家岂能蒙受如此损失？两家若因此吸取教训，从此修好而互相照应该多好？可甲家反而记恨乙家。某年，乙家小孩跑出门外，攀爬公共阳台栏杆，恰好甲下班回家，眼见孩子有危险，却视而不见，刚回到家，就听楼下人喊，有小孩掉下去了。乙家小孩不治身亡。人间这样的例子有多少呢？极端的例子，说明一个极端的道理：人与人是相互依存的，你离不开我，我离不开你，别说“离开你地球还不转了”，离开谁地球照样转，但换了人就未必了。禅宗有一说，礼佛是礼自己，这话有道理。与人方便，自己方便；敬人者人恒敬之，厚待人必受人厚待。滴水之恩，泉涌相报。之所以叫个“恩”，是因为在我微不足道，在你却是雨中送伞。顺水人情也是情，一句良言三冬暖。不能因为被骗过，就可以不再行善，有人行骗，恰恰说明人世间有善。沃土里长庄稼，也长稗，不能因为稗就宁愿沃土被撂荒。

在此我有言在先：我不反对买保险，反而觉得买保险多多益善。有钱放那儿闲着也是闲着，买保险起码是一种投资吧？我是想借助保险说明一个道理：要像理解保险那样理解人生的善报、福报。向伪装的乞丐施舍不是上当受骗，少了那几个钱，算得了什么？但自己收获了善念，心安理得就是善报。帮助街头跌倒的老人可能有担责的风险，却可能使一位老人的生命避免危险。善是大爱，大爱如阳光，照耀好人，也照耀坏蛋；信任是人生的通行证，拥有信任，人在旅途才畅通无阻；予人玫瑰，手留余香，余香就是自我回报。

只有人生的“保险”才能真正免除人的后顾之忧。人生可能发生各种意外，但至少可以排除导致意外的各种遗憾。

暖

天气骤然间冷了，这就妙哉！首先呢，太阳不令人讨厌了，反而显得可爱了，每日红彤彤地从楼头、城头、地平线上冒出来，冉冉升高而照耀，给人一种温暖，也给人一种喜悦，一天的好心情都有了，走路、站立都喜欢在暖融融的阳光下。其次呢，人都惦记着供暖了，一个“暖”字也跟着升温了，频频地出现在纸媒、网络、口语之中。现代城市供暖企业多半被政府垄断，供暖就一语双关，暖人的同时也该暖心，但事实上呢？不尽如人意，又一言难尽，所以年年冬季供暖饱受热议。

老话说：“饱暖思淫欲。”应该说一些人如此，多半人却未必。饱暖应该是人生存的常态，解决了饱暖，才有中国梦可言。每个人到这世间来，都应该是有梦的，梦之一就少不了一个“暖”字。

受冻挨饿是中国人的集体记忆，五十往上的人都刻骨铭心。家里有了暖气，应该常思来之不易。国泰所以民安，拥有这个前提，饱暖才不会成为问题。人饱暖了，什么都不思违背人之常情，胡思乱想则悖于人之常理。大梦做，小梦也做。室外寒风刺骨，屋内温暖如春，该干吗干吗。读书未见得高人一等，玩牌也未必就玩物丧志，人是各活各，饱暖才有奔头。

待在暖房里，忍不住要琢磨这个“暖”字：日，太阳也，引申为阳光；爰，疑问代词，何处、哪里。阳光在哪里，温暖就在哪里。换句话说，哪里有温暖，哪里才有幸福、希望、梦想可言。在琢磨“暖”字时，我扑哧一声笑了。我家乡人幽默，把母鸡孵蛋叫“暖蛋”。母鸡高卧，翅膀下温暖了一窝鸡蛋，二十一天后，奇迹出现了，一窝鸡蛋破壳而出一窝鸡雏。我小时候常寻思，却百思不得其解。由“暖蛋”，我又联想到“暖柿子”。小时候，红艳艳的柿子长在树上，忍不住仰望，垂涎欲滴呀。摘半笼拿回家，晚上睡前，把柿子放进锅里，加水，让柿子淹没。锅底加软火，就是烧麦秸秆等，待水温不烫，停烧，火灰上覆盖麦糠。天明去上学，从温水锅里摸几个柿子，边走边吃，苦涩一变而为脆甜了。人生何尝不是暖柿子？这个“暖”字，耐咀嚼。

一些“暖”，一辈子都不会忘记。我的故乡在横岭上，横岭又叫秀岭，很美丽的，夏日凉爽，冬天干冷，所以故乡人一年到头，怕的就是过冬。怕，也得过呀，就懂得暖的好处，对暖也就特别上心。冰天雪地里，屋里即使生木炭火，也得把手伸到炭火盆跟前才能感受到温热，水瓮靠近灶火台，照样结冰。故乡人睡炕，炕洞里烧麦糠，早晚都是热的，老人就恋热炕头，一家人都坐热炕上。家里来人，热情的招呼就是上炕，坐一个炕上了，关系立马零距离，心像炕一样热乎。关中流行一句口头禅："老婆孩子热炕头。"哈哈，曾经，那是幸福生活的写照，也是多少人的美梦啊！冬日里，故乡人把晒太阳叫"晒暖暖"，自然是哪里暖和坐哪里。房屋的山墙拐角，场畔上堆积的麦秸山，南沟的悬崖坡棱下，向南便向阳，只要红日高照，聚集而晒的人必多。有人晒久了，摸一下棉衣肩袖，能感觉到热烫。

对"暖"，我还有一段特殊的记忆。刚去兰州上大学那年，我丢失了随身携带的行李。兰州的冬天比西安早且冷，这个冬天咋过呀！在家靠父母，出外靠组织，我只有找"组织"了，不想母校兰大反应神速，很快就补助我三百元人民币，一下子冬单夏棉的衣服、被褥都有了。高年级的学姐、学兄捐给我布和棉票，一群学姐还帮我缝被褥。我发表的处女作是一篇通讯，题曰《温暖先寒来》，写的就是这件事。念念不忘，心里总是充盈暖意。知暖而感恩，人间四季都是春。

丰满

汉语言文字里有一些词儿很性感，譬如丰满。一分为二，仍然性感。丰和满，都有动感。丰，让人联想到干瘪；满，让人联想到空无。由干瘪而丰腴，是一个动态的转变；空即无，满即有，有无之相生，是一个动态的互变。最形象的例子我不说，谁都知道。你看，一个女孩子一天天长大，一天天丰满，那是什么感觉？此中有动感，有美感，更有性感。对一个女子来说，丰满的美妙在于造化之巧妙，只让女子该丰满的地方丰满起来。天生丽质难自弃，丽质只其一，若无丰满匹配，不自弃也可能被弃，杨玉环的幸运就在于两者兼备，而成为一代美人领袖。

丰满不等于肥，更不等于胖。所谓环肥燕瘦，是两个极端，是为了肥瘦对比。唐人以肥为美，乃是国富民丰的结果，不是美的应有之义，正如汉人以瘦为美，乃是文景之治重于节俭的结果一样，与美的应有之义并不吻合。丰满是肥瘦恰到好处，过了就显得肥且胖，那形象如何，可以想象。

丰满一定不在脸上，脸上丰满了，那就是富态了，富态而胖，即使颜色如玉，也不能与面若桃花同年而语；丰满一定不在臀上，臀大而肥，那叫肥臀，臀摆生风情，不生风韵；丰满一定不长在腿上，腿是亭亭玉立的标杆，活动中有美感，稳定中有动感，动静中有性感。

丰满一定要在该在的地方，突出来玉山高并两峰白，凹下去玉沟掩映摄人魂。丰腴让人垂涎中怦然心动，饱满让人热眼里蠢蠢欲动。丰满是女性成熟的标签，丰满是火烧青春的燃料，丰满是挡不住的诱惑。鱼盯的是钓饵，蜂叮的是花蕊，男人醉眼的是女人的双峰。女人深谙此道，所以丰胸时疼胸不疼钱；商人精于此道，所以喜欢在女人的丰满上做文章。

商人给女人拜年，是投其所好，是钱迷心窍，是醉翁之意不在酒，至于在哪里，明摆着。现在生活好，营养容易过剩，不该突出的地方突出来，该突出的地方反而被淹没，这便是女人乐此不疲减肥的理由所在。问题是减肥是减赘肉，不是减丰满，掌握不好，适得其反。一些女人本来就不肥，连丰满都谈不上，却也减肥。咦，财迷心窍，美也迷心窍哩！

我的故乡在横岭，地形四不像，却像极了女性人体的坐卧横陈，所以四季都性感。七沟八梁，不是坡，便是崖，春风春雨春世界，抬眼望，丰满得不像话。由春而夏，坡地丰满而起伏，沟壑深藏而神秘，道路隐蔽于树丛，行走其中，直想与异性幽会。庄稼人盼丰收，麦地丰满了必丰收。丰收过后，树绿得流油，地却像翻起了裙裾，让人胡思乱想。秋来，丰满又来，登高望远，风乍起，金色的原野，凹凸起伏如人体，波涛汹涌如胸脯，性感、美感加动感，扑眼而来，不能阻挡。西风吹瘦了树，沟壑暴露了丑，故乡如老者形体，让人潸然落泪。正伤心，一场大雪捂下来，捂一冬，一夜天地大翻覆，遍地玉体横陈，如画，如塑，如土耳其浴场。造化神工，绝妙如之。刘海粟说："人体美，乃美中之至美。"在我眼里，至美不在画里，在我故乡的土地上。故乡以自己的丰满，展示了自己的风流极致。我爱故乡，此是理由之一。

女性是丰满的载体，一如载歌载舞；故乡是丰满的写意，一如诗情画意。归根结底，还是要感谢女人。女人以自己的丰满使人类有了活着的兴趣与滋味。故此，热爱女人，应该是男人的美德！

初心

最近流行语 :“不忘初心，方得始终。”一个党如此，一个人更应如此。一个人自呱呱坠地之日始，就已携带初心了。老子说:“专气致柔，能入婴儿乎？”婴儿之心，即童心也，初心也。所谓童心无欺，初心之谓也。牙牙学语，学的是说人话，不说鬼话；蹒跚学步，学的是走人步，不走鬼步。道理浅显而明白，无须我饶舌也。育儿千经万经，都少不了一经，那就是“人经”——做人之经:学好，做好人，走正道，不走歪门邪道。好人约定俗成，正道不言而喻。所谓八荣八耻，所谓五讲四美，其实都是初心。人之为人，就是做人；仁者，人也，就是做有爱心的人。说得再直白些，活人就是秉承初心做人，若其不然，人到世间真就无可无不可、可来可不来了。

人都有初心的，只是有人自觉，有人不自觉；有人在乎，有人不在乎；有人刻骨铭心，有人漫不经心；有人渐渐不以为真了，有人慢慢不以为然了；有人天长日久抛诸脑后了，有人时过境迁背道而驰了；有人利欲熏心钱迷心窍了，有人丧心病狂突破底线了。一个共产党员，初心就是入党的誓言，抱着初心做人、做事、做官，怎能步入犯罪的深渊？一个人，不论姓甚名谁，初心就是做人的底线，坚守，就不会走远；坚持，就不会离谱。人不论高低贵贱，“枕边发尽千般愿”，那是愿心，更是初心，一生恪守，不离不弃，如何能喜新厌旧呢？如何能始乱终弃呢？如何能把诺言当戏言呢？言而无信，说得再好，初心何在？口吐莲花，满腹污秽，谈何初心？说的一套，做的一套，与初心背道而驰！台上是佛，台下是魔，早把初心抛到九天云外了。所谓扪心自问，问的就是初心；假如初心阙如，那么问也白问。不言而喻：初心滋生、滋长、滋养良心；显而易见：没有初心，譬如“皮之不存，毛将焉附”，等于光着身子行走，与禽兽何异？

不忘初心，很难吗？难，不难，真因人而异了。拥有初心，牢记就是了；怀揣初心，照做就是了；恪守初心，做人选边，从善如流就是了。《三字经》云：“人之初，性本善。性相近，习相远。”为什么呢？因为“物以类聚，人以群分”；因为“近朱者赤，近墨者黑”；因为“与善人居，如入芝兰之室”“与不善人居，如入鲍鱼之肆”。向善则善，向恶则恶，这是常识。做人要本分，脚踏实地可也；做人要本色，质朴自然可也；做人要厚道，不违心、不昧心可也；做人要正直，不存私心、不生偏心可也。

华夏文明自上古以降，就伴有初心。可以说，自打仓颉造字之日起，初心就寄生、寄养于方块汉字之中，有三坟五典八索九丘及诸子百家的典籍为证。譬如老子之道，就道藏初心。孔子问道于老子，问的是道，也是初心。他说：“朝闻道，夕死可矣！”他老人家一生，安贫乐道，直道而行，与人为善，乐以忘忧，凡此等等，非初心而何？初心系于三代，所以老人家周游列国而不改初衷：“郁郁乎文哉，吾从周！”又说：“克己复礼，为仁。”孟子说得更直白：“恻隐之心，人皆有之；羞恶之心，人皆有之；恭敬之心，人皆有之；是非之心，人皆有之。恻隐之心，仁也；羞恶之心，义也；恭敬之心，礼也；是非之心，智也。仁义礼智，非由外铄我也，我固有之也。”如此云云，不正是圣贤初心吗？所谓人心不古，所谓古道热肠，不就是说古人有初心吗？古朴，古风，古意，此中之古，初心之根也。所谓文化自信，底气就来自中华民族的应有之心、本来之心、必然之心，那就是中华初心！

初心之论，古今一脉相承。时常吊在嘴上的中华民族优良传统里，初心是种子，更是基因。今天之所以重拾初心，是因为一些人数典忘祖了，一些人背信弃义了，一些人忘记“仁者，人也”之本意了。欲壑难填，必然利令智昏；趋名逐利，必然忘恩负义；权钱交易，必然违法乱纪。《清静经》云：“人神好清，而心扰之；人心好静，而欲牵之。常能遣其欲，而心自静；澄其心，而神自清。”倘能以此语自励、自律、自修，初心化人，人心可待，“始终”可得也！

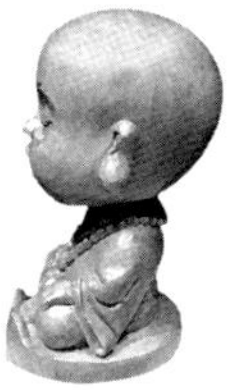

低处

有两句话，放一块儿琢磨颇有意思。一句是俗话 ：“人往高处走，水往低处流。”另一句是老话 ：“上善若水。”俗话很俗，却也很“牛”，既合人间实情，也合人之常情。人往高处走，似乎是正道、大道，是人心所向，与理想、梦想、幻想不谋而合 ；水往低处流，自然是常识、常态，是人眼所见，是不得不然，所以然也。俗话属事实判断，经验总结，不容置疑，所以被奉为圭臬，成为人的口头禅 ；老话，即老子的话，已固定为成语，属圣贤语录，常被墙上高悬，不是真理，胜似真理，很少被质疑。对老话，我曾颇觉费解，也就颇不以为然。上善，自然是大善，怎么能像水一样呢？不是“水往低处流”吗？

知天命之后，始信人确乎有宿命。譬如那句“俗话”，还有那句“老话”，一个人怎样理解，什么时候理解，理解到什么程度，都受宿命约束。或许，这本身就是宿命！譬如初生牛犊不怕虎，不是因为正确，而是因为无知，无知则无畏！年少之时，树雄心，立壮志，志当存高远，才是好男儿。但多高算高呢？不知道，反正高比低好嘛！人看人，社会评价人，都功利主义、势利主义、荣誉主义，都以成败论英雄。譬如高考是“独木桥”，偏偏人都要往桥上拥挤；譬如国考是百里挑一，偏偏报考者蜂拥而至。人生就像马拉松赛跑，说是“重在参与”，实则“浪里淘沙”，都盯着奖杯，就意味着“参与”几乎等同垫背。各行各业，无不如此。功成名就后，林丹就曾感慨：“我从五岁开始打球到现在，如果没有这块奥运金牌，是不是这么多年就白练了？也没有人会记得林丹？”大实话，话里有话，话里有禅。

居庙堂之高，则俯瞰芸芸众生；处江湖之远，则仰望皓皓明月。一高一低，云泥昭然。人生天地间，都是做梦的主儿。没有梦想，就没有奔头；只有梦想，必没有甜头。人都巴望梦想成真，但如愿以偿者几乎可以忽略不计。难乎其难，还要梦寐以求，这便是“人往高处走”的初心所系、宏愿所住了。“世上无难事，只要肯登攀。”励志可，可几人能如其所愿？能登顶者，少得可怜！虽然如此，攀登者络绎不绝。人之为人，就是做梦来了。活到老，梦到老。梦越高远，落空越没有悬念。妙在当事者迷，旁观者清。人在旅途，当事者都是赶路者，旁观者都是抵达终点者，只是终点不在高处而已。人都在绝望处觉悟，绝望处往往在最低处；人都在无望处回头，无望处多半是人生的低谷。终于明白：天在高处，地在低处；山在高处，水在低处。雨从天上来，归宿是大地；水从山上来，归宿是江湖。树上的叶子再高，终归要叶落归根。嗨，等活明白了，晚霞像朝霞一样美丽，落日像旭日一样血红，只是又不得不吟诵唐人李商隐的诗句："夕阳无限好，只是近黄昏。"

人从来处，到去处去，两处都是低处。呱呱坠地，坠的是低处；蹒跚学步，起处是低处；千里之行，始于足下，足下更是低处。三思而后行，为的是行直道、正道、大道，走坦途、捷径、宽路，闪避崎岖、蜿蜒、坎坷。人的目标，都是高标：一路走高，满心欢喜；一旦走低，灰心丧气。人心如月高悬，所以好高骛远；人眼如鹰高望，所以眼高手低。视而不见低处好，夜以继日梦高唐。不记得沿途风景优美，不记得左右风光旖旎，不记得"芳草萋萋鹦鹉洲"。走高，所以喜欢攀高，习惯仰首。遇高，便兴趣勃然，宁愿眼巴巴望眼欲穿；逢低，却兴味索然，不肯眼睁睁向低处屈就。半辈子摸爬滚打，多半生与命运抗争，一生就不知不觉被打发了。撞运了，便高歌"春风得意马蹄疾，一日看尽长安花"；撞墙了，便低吟"东风不与周郎便，铜雀春深锁二乔"。人生譬如赛场，竞的都是冠军、亚军、季军；人生譬如考场，争的都是状元、榜眼、探花。一将功成万骨枯，万骨埋在最低处。枯者化尘埃，低处谁记得？万众瞩目时，凯旋将归来！凯旋者成了励志者，崇拜者仰慕成功者。相信有志者事竟成，到头来，成功者概率有几成？多半的人，一生都要在低处徘徊、奔波、劳碌。命乎？不是命乎？既然还在低处原地踏步，怨天尤人已于己无补，何如就泰然处之！不是听天由命了，而是“无可奈何花落去，似曾相识燕归来”“旧时王谢堂前燕，飞入寻常百姓家”！譬如买彩票，中彩很美妙，人人都中彩？却原来低处多数人的痴心妄想，乃是对高处少数人的无偿供养！

高处好吗？比较而言，高处的好处多半是低处的幻觉。高处在哪儿？云涌峰峦。高处怎么样？彩霞满天。高处不胜寒？只能想当然。人往高处走，越走路越窄、险、陡，越走越茫茫不知路去处。青云直上，不是没有可能，却只属于幸运儿，且有偶然性。而所谓幸运儿，真就幸运吗？古往今来，多半幸运儿都以幸运粉墨登场，却以不幸黯然谢幕。多半人迂回曲折，奋力攀缘，盘旋上升。越接近高处，越临近悬崖；越逼近高处，越胆战心惊。盯着高处，眼里便只有高处；踅摸高处，心里哪容得低处？高不可攀，才攀高枝儿，殊不知那高枝儿上固然可以炫耀显摆高高在上的无限风光，却也危危乎、悬悬乎、颤颤乎，那种感觉未必就好玩。诗人杜甫给低处留下了励志的名句：“会当凌绝顶，一览众山小。”真的吗？人真“凌绝顶”了，“众山”真就“小”吗？就好比“这山望着那山高”,“那山”真“高”吗？

高处看低处，如同低处看高处，都玄乎！

比较而言，低处的好处显而易见。低处一马平川，正好可以策马驰骋，一日千里；低处曲径通幽，既可赏高山行云，又可听高山流水；低处江河湖海，海纳百川，千江有水千江月，万里无云万里天。李白曾经咏叹："噫吁戏，呜呼高哉！蜀道之难，难于上青天。"人生之路与"蜀道"，何其相似乃尔！与其高处如履薄冰，战战兢兢，前怕老虎后怕狼，何如低处行走，放开脚步，"仰天大笑出门去，我辈岂是蓬蒿人"。即使未必畅通无阻，却也未必险象环生；即使未必鲜花铺地，却也未必荆棘丛生。低处清流汩汩，那就像清流一样缓缓前行；低处湖泊如镜，那就荡舟碧波，享受逍遥的时刻；低处是"被爱情遗忘的角落"，不受名利干扰，也就无须抵挡诱惑。人世间只有低处草丰水茂，鲜花满地，能长出参天大树。

低处就是高处。古人归隐，隐处多是低处，隐者多是高人；人心思退，退处必是低处，退者必是智者。人心若在低处，即使身居高位，却不高调行事，招摇过市；即使声名显赫，却会低调做人，惦记草根；即使今非昔比，却会忆苦思甜，饮水思源。心本来就在低处，名利譬如浮云，有无、得失、多少都无所谓。有则欣赏云卷云舒，无则"独上高楼、望尽天涯路"。守望低处，便在低处安妥灵魂；蛰居低处，便在低处安身立命。不必为高标揪心，不必为高攀分心，不必为高就费心，不必为高不成、低不就烦心。高处可望而不可即，望一望可也，何必羡慕嫉妒恨？低处如探囊取物，唾手可得，不费吹灰之力。放眼低处，却原来低处并非一无是处：“乱花渐欲迷人眼，浅草才能没马蹄。”

回到“上善若水”。老子是话里有话的，话紧随其后：“水善利万物而不争，处众人之所恶，故几于道。”如此，做人臻于水的境界，虽然身在低处，谁道不是高人？

误解

《现代汉语词典》对“误解”有两种解释：一是作动词，指理解得不正确；二是作名词，指不正确的理解。观电视连续剧，一集接一集，那跌宕起伏的故事情节多半是“误解”引起的。我之所以给“误解”打上了引号，是因为人与人之间许多时候，在许多地方，本来可以不“误解”，至少可以减少“误解”，乃至于避免“误解”、不必“误解”。一句话本来可以说明白，偏就是不说；一句话本来可以听明白，偏就是不听；话到嘴边又咽回去，或者说半句留半句，不误解才怪呢！多一些解释，多一些倾听，多一些耐心，所谓误解即使发生，也会冰消雪化。误解发生在嫌隙人之间完全可以理解，但发生在正常人之间就多少令人遗憾。更遗憾的是误解往往最容易发生在至爱亲朋之间，不可思议，却司空见惯。唉，这究竟是为什么呢？

至亲反而至远。中国是传统社会，传统礼仪教化人心，至亲伦常与生俱来，顺之则亲，逆之则疏。最不计较，却最计较；最不在乎，却最在乎；最不敏感，却最敏感。想当然，常常把当然当成必然；认死理，竟至于蛮不讲理。譬如伦常之中孝顺这两个字，父母与子女之间的理解与拿捏就有差异，产生误解几乎是自然而然的。父母以为子女应该如何、如何去做才合礼数，子女要想不落话柄，就要揣摩“上意”，猜对了去做皆大欢喜，但猜错了呢？我每回乡下，常有乡人诉说儿女不孝，说得有鼻子有眼，偏听好像就是那么一回事；但一个转身，听他（她）儿女说，又是一番“振振有词”，偏听则感觉似乎比乃父母更占理。自古而今，清官难断家务事，说一千，道一万，都少不了“误解”日积月累，导致矛盾升级恶化。

好友之间何以反目成仇？俗话说：“亲兄弟，勤算账。”但朋友之间一旦“亲如兄弟”，“勤算账”反倒“多余”“见外”了。所谓亲如兄弟，似乎不分你我，“有福同享，有难同当”，其实呢？一厢情愿的多，两厢情愿的少，即使后者，也多半“此一时也，彼一时也”。其始作俑者，十之八九离不开误解。误解如影随形，无孔不入，特别是“有福同享”的时候。“误解”从何而来，常常是“当事者迷，旁观者清”。话赶话就能“赶”出误解，话里有话就能抖搂出误解，王顾左右而言他，误解就更容易乘虚而入了。一些误解应该避免而没有，应该化解而耽搁，应该忽略而上心，如果摊上了自负而利令智昏者，那就只能被“误解”牵着鼻子走了。朋友之间最讲面子，一方疏忽，则误解自天而降，想要消除，却回天乏力，只有徒叹奈何了。好友不到头，误解是源头。误解不消除，好友难回头。

情侣之间何以爱而生恨？但凡过来人，都有一本经。这个经，那个经，其实都是“误解”经。两个人一旦相爱了，多半都变成参禅大师了。脸红了，心动了，可能是爱吗？嘴噘了，脸吊了，可能是怨吗？柳眉倒竖，未必是怒；暗送秋波，未必是情。察言观色，未必能心领神会；甜言蜜语，未必能打动芳心。情侣之间，咫尺天涯，天涯咫尺。异乡昼思夜想，枕边同床异梦。腹诽，却不开口，只好打肚皮官司，猜疑，猜忌，猜出的自以为是谜底，实际上荒谬至极，这都是误解在作怪，当事人却被蒙在鼓里。天下多少有情人，都因为误解拜拜的。

互联网时代了，人心看似近了，其实是远了，误解反而越来越多了。电话，短信，微信，视频，看似在耳边，在眼前，在弹指一“按”间，实际上可能隔城，隔山，隔海，隔十万八千里，心灵则隔得更远。譬如微信，对话中虽然夹带着“表情”，却仍然有误解的可能。俩人聊得正好，不知道哪一句话、哪一个字眼、哪一副表情，甚至哪一个标点使用不慎、不当、不到位，对方已经误解，这厢仍津津乐道，等到发现跑题了，走调了，适得其反了，却不欢而散了。

误解，莫非是“蛊”，就寄生在人的宿命里吗？

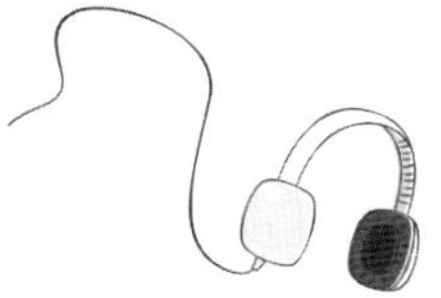

认真

关于“认真”，《现代汉语词典》第5版有两个义项：一、作动词，信以为真；二、作形容词，严肃对待。“百度词典”多了两个义项，且忽略。就《现汉》这两个义项，足够咀嚼、回味。

我知道“认真”这个词，是在小学语文课本里，课文是毛主席语录：“认真看书学习，弄通马列主义。”我必须承认，直到上大学，莫说“弄通马列主义”，连“认真”这个词儿，我也未必真正“弄通”。参加工作逾三十年，对“认真”是越来越困惑，因而也越来越难“弄通”。无论工作，还是生活，总要和人打交道，所以马克思说：“人是社会关系的总和。”我一般听人说话，总“信以为真”。譬如小时候，到邻居家串门，人家问我吃了没有，我顺口答：“没有！”过后母亲郑重教导我，今后若遇到邻居问吃了没有，一定要说吃了，没吃也要说吃了，否则就是不懂事，受人批评，或者腹诽。我自己当时就腹诽，但母亲的话不能不遵，天下没有母亲哄儿子的道理。按照母亲的话去做，左邻右舍果然夸我懂事。长大后走上了社会，渐渐地觉得母亲的话可以放之四海而皆准。譬如有人求我办事，嘴上说："回头我谢你！"人家也就信口一说，咱也就姑妄一笑，连"左耳进，右耳出"都省了。也就是说不能把人话当真，当真就不谙世故了。

我还有个毛病（不随波逐流，毛病必多），就是一旦我有然诺，或者与谁有约，必然"严肃对待"，不敢马虎。早年——还上大学的时候——我与一位挚友指天为誓：此生此世，不烟不酒。穷学生穷得没钱买书，哪里还敢奢望烟酒？可走上社会后，我不烟不酒总与社会格格不入。一根香烟敬上，咱拒绝了；一杯美酒敬上，咱不接杯。结果呢？敬者扫兴还在其次，对咱敬而远之还在其次的其次，人家认为是不给面子，或者不识抬举，甚至认为是不识好歹，那后果就严重了。敬酒不吃吃罚酒，道理可能就在这里。许多人教导我变通，最好是随大流，至少是装装样子，偏我一小半不愿，一大半不能，加上"理直气壮"，更要认真到底了。酒场如战场，斗嘴等于斗酒，不能认输，视死如归才有人喝彩；酒场如商场，尔虞我诈不算犯规，能把人灌醉、撂翻是本事，哪怕对方是自己的知心好友；酒场是官场，下敬上，上宅心仁厚，抿一口便是“皇恩浩荡”，上敬下，下受宠若惊，一饮而尽才见得毕恭毕敬。酒场认真是酒君子，酒场不认真是酒江湖。人间是个舞台，酒场与舞台大同小异。认真多半是说说而已，不认真多半也是腹诽却不以为非。

与生俱来就“认真”的人，多半要陷入“认真”的套儿了，一辈子不解套，一辈子作茧自缚。抱着“认真”工作或生活，非碰钉子不可，软钉子、硬钉子都能钉疼人、钉死人。党纪国法不说，就说身边的规章制度，哪个单位不罗列一二三四五,三令五申呢？可常常规章是规章，办事是办事，不能认真，认真就是较真，较真就是抬杠，抬杠就是抬死人，认死理，不与人为善。中国有句俗话，曰：“与人方便，自己方便。”行方便等于通权变，规章制度也就等同虚设。古往今来，照章办事的人多不招人待见，不被人理解，被人指戳责骂还算客气的，被捶一顿鼻青脸肿也多半自认倒霉。反之，把规章制度当儿戏的人左右逢源，八面玲珑所以八面威风，呼风唤雨所以被认为人很能行，被重用、被提拔不但指日可待，而且毫无悬念。“认真”的人，首先人缘够呛，如果无记名投票，一辈子别想当先进，更别指望当领导了；其次领导表扬多是口惠，想得实惠、恩惠基本上是妄想，能不被“优胜劣汰”就烧高香了；最后越来越孤立，越走路越窄，猪狗都嫌弃，不知不觉中被打入另册了。你我他，前后左右，圈内圈外，遭遇不公的，怀才不遇的，备受冷落的，让人暗算的，多半是“认真”的主儿。

离开“认真”可乎？可，也不可，关键是怎么看，怎么说。社会上有万花筒，也有万金油，还有一根筋，人类的文明多半靠一根筋们的死认真，认死理。牺牲的多半是他们，受益的多半是不认真的广大族类。当整个社会把游戏规则不当回事的时候，终极受益者是规则制订者，终极受害者是规则破坏者。不认真好像是亲近情理了，实际上是背离公理了，情理可以徇私，公理却必须奉公，二者分野于径庭。公理不能畅行，情理便策划于密室。当下中国办事，事无巨细，人情被放大，成本被加大，作祟者亦即始作俑者。

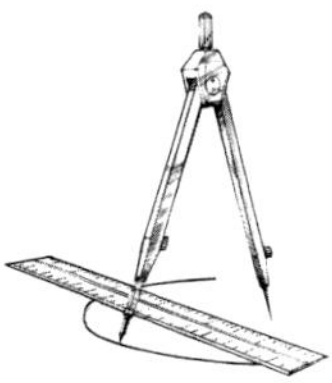

老朋友之『老』

年少之时，读“老吾老以及人之老”，虽知老之所指，却浮于老之表象。读梅尧臣诗，读到“老树着花无丑枝”，竟扑哧笑出声来。如今回想，竟觉脸烧。喜欢了拍照后，对老枝嫩花情有独钟，受的就是这一名句的暗示吧。上世纪末，迈过“而立”，未到“不惑”，正不知老为何物的某一日午后，我步出家属院，优哉游哉，却耳闻身后人唤“老张”，没有回头，兀自走远。黄昏归来，门卫老先生近前赔着小心问：“没得罪你么？为啥叫你不应声？”我始则愕然，进而恍然，反问：“老张？你叫我老张？”他来自农村，当过民办教师，知书达理。他解释说，在他的家乡，再年轻的驻村干部，村人呼之，都在姓前加一“老”字，以表示尊重。他怕我还不懂，便继续解释：“老张之老，就像老师之老，对吧？”我接住话，半发挥半调侃：“也像老婆之老吧？”两人都哈哈大笑起来。我都走远了，他还立在门口自言自语：“这个‘老’字，蛮有意思嘛！”

我就琢磨“老”了，总觉这“老”字玄乎其玄，其中必有玄机，或者禅机。老子说:“玄之又玄,众妙之门。”这个“门”字，莫非就是“老”字？虽然琢磨不透，却深信“老”字里必有啥密码，或者“老”字本身就是密码。闪过不惑之后，朋友雅聚，忽然都以“某老”呼之，竟然没有异议者，大家似乎都心领神会，所以都心照不宣。譬如费秉勋先生，大家呼之费老，其时费老还未过古稀生日。又譬如贾平凹先生,大家呼之贾老,贾者，假也，假老当然并非真老，这其中就别有滋味了。陈彦、张立、方英文、杨稳新、马河声、遆高亮等，年龄相仿佛，也都在不惑之年吧，分别被呼为彦老、立老、方老、稳老、马老、遆老。自然了，我被呼为“孔老”。一次，某女士随我参加一个活动，听某友高呼“孔老”，不解而嘟囔：“胡叫啥呢嘛，孔明老吗？”我赶忙解释：“别较真，也就那么一叫！”她偏较真：“你说的，语言是‘谶’，会把你叫老的！”我笑起来：“对呀，这说明就该叫呀！人谁不老呢？叫你老，你就老，灵验得很呢！”其实大家都不老，有的未必服老，只是以“老”戏谑，寻开心罢了。

浏览微信朋友圈，看见马河声发了一张与发小的合影，照片里的他虽然“伟岸”，却显见“单薄”。背景为“东雷抽黄”，那是上世纪七十年代诞生的水利工程，马河声曾在那里当过民工，拍照时他应该不足二十岁吧？一晃，三十多年过去了。有感，随即留言，不假思索："真帅哥也！初识之时，比之照片，稍胖了些。口若壶口瀑布，不尽才情滚滚来。此生心灵叹服者，河声乃第一人！真相见恨晚也！观此照也，岁月悠悠而逼近，青春悄悄而闪远，心中不唯有感慨，更有禅也！朋友之老，人生之宝，念念在兹，鹤鸣九皋！"此乃心灵感应生感言，不由自主也。他与我同龄，我痴长他十天，都"知天命"了。同居一城，也有走动，却毕竟各自忙奔，偶尔相逢，一握而已。熟视无睹，眼里没有春去秋来，也就没有人在旅途感。今天忽然看见他的少年照片，一种咀嚼，万种滋味。不久前我们就曾相握，他大腹便便依旧，鬓角已见岁月。归来自照，我的鬓角也是岁月昭昭。马老，孔老，一半是调侃，一半是警示：岁月催人老，不惜阴行吗？

最近参加了一个纪念陈忠实的座谈会，扫视会场，新面孔多半坐在后排，多半都不认识；老面孔多半坐在前排，多半都是老朋友。有的多年不见，有的早已退出曾经显赫的岗位，有的甚至销声匿迹了。也有未来的，不是外出旅行了，就是走不动路了，甚至不在人世了。人多，有的与我握手寒暄，有的招招手算是见了，也有未来得及握手就一个转身不见人影了。与一位老友交谈，说了半天，各说各话，你一言我一语的，却对不上茬，他说他耳背了，但脸上的虔诚还在，眉宇间更多了慈祥，已然不见了既往的那种伶牙俐齿、凌厉锋芒和口若悬河。我也曾向一位老友招手，没有回应，过后才知道，他的视力只能看清楚数尺之内。会后，与方英文、朱鸿、红柯雨中散步，走去吃澄城水盆，他们的脸上、眉上、头顶上，也都岁月留痕。如果他们回故乡去，当与贺知章一样，也吟出这样的诗句："儿童相见不相识，笑问客从何处来。"阔别故乡，游子成客。岁月是面镜子，连五十岁的李白都要一咏三叹曰："君不见，高堂明镜悲白发，朝如青丝暮成雪。"所谓老朋友，如今真名副其实了。

是老朋友，就该为一个"老"字庆幸。一叶知秋，一个"老"字，真成了朋友的脚注了。俗话说："路遥知马力，日久见人心。"朋友做到"老"了，仍然是朋友，那就是"老朋友"了。人在旅途，起步时相遇而为友。一路走来，有的走丢了，有的走远了，有的落后了，有的分道扬镳了，有的不相往来了，有的反目成仇了，如今仍能执手相握的，真是越来越少了。知根知底，所以知心知己；庆幸此生相遇而为友，感念彼此同行而不弃；可以敞怀说世道，无须猜忌话人非。物以类聚，人以群分，老朋友早已被岁月淘洗了，能聚首已经是经过天选了。有过的前嫌，已尽释然；曾经的误解，俱都化开。岁月是照心镜，君子早晚光明襟怀；岁月是照妖镜，小人迟早原形毕露。苍蝇逐肉臭，蜜蜂采花香。"老"是朋友的标签，无须标榜在脸上，已经烙印在心里；“老”是情谊的免签证，心灵持有，握手便可畅行。

活人是活啥呢？说白了就是活朋友呢！至爱真情，至亲至交，包括夫妻骨肉，做得最好的，也就朋友而已；做到最高境界的，也就老朋友而已。仔细用心琢磨，是否如此呢？

归结一句话：怎一个“情”字了得！

猫的爱情

某年三月，开展爱国卫生运动，居委会通知各家各户，把猫看好，要统一发放老鼠药。父亲拴了猫，猫却嗷嗷叫。妹妹说，是狼猫在窗外槐树上勾引。父亲果然发现一只狼猫雄伟如虎，高卧在树枝上。用竹竿驱逐，狼猫只是躲避，却不走远。夜深人静，俩猫对号不停，如泣如诉。三天里，猫不吃不喝，头一直仰望窗外，神情凄然，号叫森然，声带近于哑然。眼看着猫无精打采，奄奄一息，妹妹说："爸，猫会饿死的！"父亲摆摆手，说："放吧，放吧，听天由命吧！"

猫一挣脱绳子，快如脱兔，纵身跳上窗台，跃上槐树，与狼猫亲热成一疙瘩。眨眼之间，双双奔去，无了踪影。日将落的时候，妹妹发现猫卧在沙发上，口吐白沫。父亲抱了猫去看医生，医生给猫打了一针，说："可能没救了。"猫在半路上便不动弹。父亲伤心，把猫放在院子里，打算等猫身冷后再掩埋。月亮照亮了窗台，父亲想起了猫，走到院子，看见一地月光下，俩猫对卧，四蹄紧抓，都已僵硬。父亲感动，把俩猫埋在了一起。

猫是因为爱情而死的，死得其所。不怪猫，也不怪父亲。爱情与悲剧本该无关，因为人要药杀老鼠，老鼠偏是猫的天食美味。猫本来就饥饿，一旦爱情得到满足，逮一两只老鼠犒劳一下对方自在情理之中，只是悲剧已经必不可免了。想一想，这不是宿命吗？

爱，不爱

“你爱，或者不爱我 / 爱就在那里 / 不增不减。”这是扎西拉姆·多多的诗句，出自她的名篇《班扎古鲁白玛的沉默》。读这首诗时，譬如人生可遇不可求，我却有了“知遇”的快感，心灵骤然间定格于这三句十六个字里了。扎西拉姆·多多是一位虔诚的佛教徒，不能心静如水，必不能吟出这样的诗句；没有一番人生阅历，必不能生发这样的感悟。只有拈花微笑了，才会看似家常话，却直抵心池，水清见底，倒映一轮美月。却原来爱、被爱，其实都一样美好：高天月朗，静水月明。

人是有感情的动物，人是有感情的高级动物，人是有高级感情的高级动物。之所以“高级”，不仅仅是人有感情，更重要的是人可以借助语言抒情，比如诗词歌咏。言为心声，诗文必脍炙人口；言不由衷，遣词造句再美，也等同塑料花束。当然，言为心声，未必就会被心领神会；言不由衷，未必不被信以为真。古往今来，人的情感世界几乎天天都上演喜剧和悲剧。“当局者迷，旁观者清。”人人都是观剧者，人人都是剧中人。观剧则评头论足，做剧则乐在其中。有的人演技高超，天衣无缝，“假作真时真亦假，无为有处有还无”，例如红楼人物薛宝钗；有的人生性善良，懦弱任性，“质本洁来还洁去，强于污淖陷渠沟”，例如红楼人物林黛玉。巧于打扮者更容易吸引眼球，善于伪装者更容易赢得芳心。说是“路遥知马力，日久见人心”，但水落石出时，日落西山后，还有多少时光供人欣赏风景呢？

爱，即使自欺欺人，也不能说那就不是爱；即使鲁莽草率，也不能说那样的爱就不应该存在；即使一厢情愿，也不能说那样的爱就该不屑一顾。因为不由自主，所以多半发乎真情；因为甘心情愿，所以多半无怨无悔。利令智昏，爱更令智昏。谓予不信，且左顾右盼，为情所困、所累、所迷、所惑者比比皆是，古往今来更不胜枚举。“爱你没商量！”真正的爱，自觉，或不自觉，已经爱了，还商量啥呢？没有商量余地嘛！就好像春笋破土而出，就好像红日喷薄而出，就好像明月圆满当空，可以视而不见，不等于就不存在。爱就像新鲜空气，呼吸的人多，不知不觉的人更多。

爱，因人而异。一些人的爱其实很容易，不能自拔了，方知已经陷入爱河了；一些人的爱很简单，就是个爱，就像蜜蜂遇见花朵了；一些人的爱自私自利，爱了，就以为等同拥有，可以据为己有，理直气壮地拒绝共享、分享，只想一人独享。基于是，一见钟情就是爱：怦然心动，就如“风乍起，吹皱一池春水”，感知当下，感动此时此刻；害相思病就是爱：陷入情网，不思茶饭，却思一人，“相思相见知何日？此时此夜难为情”，卧床不起，以泪洗面，情思难解，“还君明珠双泪垂，恨不相逢未嫁时”“平生不会相思，才会相思，便害相思”“相思一夜梅花发，忽到窗前疑是君”；死去活来就是爱：“问世间，情是何物，直教生死相许”“枕边发尽千般愿，要休且待情石烂”，那心真是吃了秤砣了。痴情人常发宏愿：“生是你的人，死是你的鬼。”并非说说而已，人世间殉情的男女还少吗？

于爱一途，人最容易犯执：执着，执意，执迷不悟。譬如男女之爱，都渴望长久，都希望专一，都盼望花好月圆。但实际上呢？一些爱不能说不真诚，却可以说最经受不住考验。就像草木上的朝露，正晶莹透亮，忽然就被风摇落，或被阳光没收；就像牵牛花，早上还鲜艳夺目，晌午竟蔫儿吧唧，黄昏竟不堪入目了；就像吹泡泡，吹得再好，也是泡泡，五颜六色很美，却转瞬即逝，了无形迹。

有人以为爱万能，实际上爱不天助，便难自助。常常，至少有时候，起码对有些人，爱吧，不但苍白无力，而且束手无策。

不被爱了，爱的表白等同梦呓，连自己都被蒙在鼓里，遑论被爱者呢？不被看重了，爱的表达等同对月说话，月能听见吗？不入人眼了，爱的表现等同在盲人面前翩然起舞，有何用呢？爱得死去活来，未必能感动被爱，却可能作茧自缚，即使幸而羽化成蛾，那蛾能飞起来吗？

爱确实好，但唯有爱是不够的。猪八戒爱嫦娥，不缺爱，但缺自知之明；女儿国国王爱唐僧，爱错了对象，能有什么结果？蝶恋花是可以的，蝇恋花则且慢，令花厌恶几乎没有悬念；癞蛤蟆想吃天鹅肉，想是可以的，能如愿以偿吗？萝卜白菜，各有所爱。所爱不被爱，便是白爱，一个巴掌拍不响；被爱而爱之，譬如放鱼归水，得其所哉，所以快哉！爱的美好只对爱者而言，对不爱者则相反。爱而不被接受，知难而退，或被感念；一意孤行，却可能给人添堵。

有爱，就有不爱，正如同：有情，就有无情；有心，就有无心；有月圆，就有月缺；有立春雨水，就有寒露霜降。爱如空气，即使新鲜，也可能不被感知；爱如兰室，被闻得多了，可能反而没有了感觉。久旱逢甘霖，那甘霖也不过是区区雨水而已；他乡遇故知，那故知或许曾经可有可无。“曾经沧海难为水”，难道只有沧海里的水才是水吗？“除却巫山不是云”，莫非巫山以外的云都是雾霾或尘埃？“情人眼里出西施”，多半是热恋的时候，热恋过后呢？爱一个人，缺点全视而不见了；忽然不爱了，就左挑毛病右挑刺了。

不爱，或许因为爱，或许与爱无关。昨天还爱得要死要活，今天却形同路人了；早上还赌咒发誓，晚上却反目成仇了；刚才还卿卿我我，一转身就恩断情绝了。正常，不正常；合理，不合理；理解，不理解。生活偏不按常规出牌，有时候明知是错牌，却因为自摸，到手时便棘手了。已经这样了，不这样，又能怎样呢？此一时也，彼一时也，这样了就这样吧！这不是自认倒霉，而是默认宿命。多半的人，多半的人生，多半被摆布，多半“无可奈何花落去，似曾相识燕归来，小园香径独徘徊”。

回到扎西拉姆·多多的诗句：“你爱，或者不爱我 / 爱就在那里 / 不增不减。”爱和不爱，是各人的事，各自掂量，各自消受吧！心里有爱，说与不说，都一样存在。爱是一瓢饮，渴饮最美；爱是一季花，拈花最美；爱是一味禅，觉悟最美。至于不爱，那就不爱吧，毕竟真爱过，已经足够一生回味了。“爱就在那里，不增不减。”岁月可以稀释，可以屏蔽，可以消磨，爱的种子却早已播种心田了，不荒芜，便是福报。

走开就是爱

人在旅途，总会有风景扑面而来，驻足观赏好，流连忘返也可，但都痴迷不舍吗？风景这边独好，但不能背，不能抱；背不动，抱不动；背不走，抱不走。即使可以背，可以抱，能走多远？耽误行程不说，若是遇到新风景呢？若是风景更美呢？都背走，都抱走？知其不可，就当明智，选择无二，只有放弃，放下；转身，走开。

人和风景一样的。人生就是走路，就是奔波，就是长途跋涉。有岔路等着，非得选择；有弯路摆着，顺行最好；有山河挡着，不得不翻越。沿途人比景多，人遇人是常态。人分男女，异性相遇，互相吸引，更是常态。人生可遇不可求，相遇当然是缘分。一见钟情，人之常情。千里姻缘一线牵，一些男女成夫妻，但更多的呢？都成夫妻吗？人生之路漫长，仍会有风景扑面而来，仍会有中意的异性走到跟前，都一见钟情吗？纵然可遇不可求，转身，走开，恐怕还是明智的。

走近是爱，这好理解：花朵美丽，人都喜欢走近去亲；花吐芳菲，人都喜欢凑近去闻。蝶恋花，因为花迷蝶；蜻蜓点水，因为水里有爱（产卵）。但人爱人，不能只知走近，不知走开，须知：爱，还要被爱。你走近，因为爱；一个巴掌拍不响，还拍吗？拍空气？照拍，那就是赖了。死乞白赖不能说不是爱，但因为爱，就可以死乞白赖？对方的感受呢？只顾自吗？只要是爱，就理直气壮吗？只要是爱，就底气十足吗？只要是爱，就义无反顾吗？不被爱，爱，就是单相思，就是一厢情愿，就是自作多情。不顾一切，与其说是爱，毋宁说是自私自利。出于自私自利，为爱付出再多，仍是自私自利，假如不被待见，自作自受也。故此，不被爱，趁早走开，走开或有爱可言。

就算一见钟情，点燃爱火，火就永远燃烧吗？有燃烧，就有熄灭，只是个迟早。年少时一见钟情的多，爱不到头的也多。早恋即使发乎真情，也很难说就会长久，如果一方打退堂鼓呢？剃头担子一头热，热到什么时候？热到对方花好月圆吗？那不是傻，那是存心给对方添堵！单相思不热还好，热已不该，继续热容易过火，惹火烧身事小，烧及所爱，爱变成伤害，那就事大了。热恋不会永远热，蜜月也就“蜜”一月，天之道也！

热退了，蜜淡了，还能一如既往么？夫妻之间都不例外，何况婚外呢？一见钟情，当然是情，十之八九真，十之八九不打折扣，但有个前提："见"的是谁？是不是时候？名花有主，一见就折吗？名花无主，一见就黏吗？爱可以追求，但爱不能耍赖，更不能耍横，"爱你没商量"等于是霸王硬上弓，黏上了就成万能胶了，那怎么行？谁受得了？见好就收，转身就好。走开，爱还是爱，藏着掖着；不走开，所谓爱，都白扯！

走开是爱，如何理解？既然爱，为什么走开？因为一，在你所爱的人眼里，偏偏你不入眼。人贵有自知之明，不自知，难免自讨没趣。因为二，你的离开，也许就是对方的解脱。爱是温柔的绳索，套住了对方的脖子，会把对方勒死。人间悲剧，多半是这样酿成的。因为三，对方已另有所爱，甚至已有归宿，你不走开，还等什么呢？为双方计，都应该转身走开，走远，最好是别再回来。因为四，爱却不被爱，被爱却无奈，"相见时难别亦难，东风无力百花残"，何苦？自古及今，第三者尴尬，不光彩。因为五，爱降临得不是时候，不是地方。人生可遇不可求，遇的时候，不是早了，一方不到婚嫁年龄，就是晚了，一方已经失去婚嫁资格。千里姻缘一线牵，并非有缘就有戏。爱情若是发生在错误的时间、错误的地点，结果要求正确，难，甚至难上加难。因为六，天涯何处无芳草，何必一棵树上吊死？舍得，关键是"舍"，难以割舍，"得"就等同奢望了。

舍了，得的机会就来了。往前的路虽说是黑的，但不总是黑的，走出暗夜，就是黎明;走出梦境，就是风景。因为七，人有生计，就该算计。进一步，冤家路窄；退一步，天高地阔。走开，爱还在，甚至与日俱增；走开，爱会超脱，至少超然物外；走开，爱会像酒一样被窖藏，愈是天长日久，愈能释放醇香。

人是感情动物，但不是动物。是感情动物，一见钟情是情，日久生情是情，情投意合更是情；人不是动物，有情不能放纵，有情不能随心所欲,有情不能无所顾忌。仁者,人者。两人在一起，仁爱之心生焉，何况两人是一男一女呢？爱有仁爱，也有博爱；有小爱，也有大爱；有亲爱，也有友爱；有挚爱，也有痴爱。爱有前提，必须理智；爱有底线：不能伤害。爱，被爱，都是恩，知恩所以感恩，感恩所以报恩，报恩所以推恩于社会，情爱变博爱，小爱变大爱。爱山，爱水，爱花，爱月，爱是因为美；养眼，养心，养性，养德，能养便是福。天地有恩典，做人应感激。爱人——男人爱女人，女人爱男人，更应如此！有赏月胸怀，爱才见其大;有赏花心态，爱才显其美。被爱，则更珍贵，理应珍惜；被爱是恩惠，感恩是起码的。

爱，真爱，就不能一厢情愿，就不能一意孤行，就不能死乞白赖，得撒手时即撒手。给对方自由，爱才显得温柔；给对方退路，爱才显得宽厚；给对方机遇，爱才博大为怀。无奈更好理解。无奈是身不由己，是迫不得已，是束手无策。既然无奈，就该面对。转身或许转运，放手就是高手，放下才好轻装上路，前行而无须顾盼，赶路而不受拖累。与人方便，自己方便；予人玫瑰，手留余香。或许自己走开、走远，不再回来，对方才会彻底解脱，心理不再有负担，内心不再受熬煎。

走开就是爱。

书中最相思

每次看见书房里那一堆不能上架的图书，我就想起了清朝才子纪昀先生的那副对联："书似青山常乱叠，灯如红豆最相思。"此联最得读书三昧，却也最易令人掩卷三思。世间怎么就有了书？然后怎么就有了人读书的讲究？然后怎么就把读书人变成了书虫？一个"读"字，恐怕一万个人，就有一万种感受、回味和解读。我的宿命，或许就是读书，若其不然，由懵懂而渐解人事，书像阳光、空气和水一样，须臾不曾离开过。古人说："书中自有黄金屋，书中自有颜如玉。"有吗？我已知天命了，犹不敢说有，也不敢说无，更不敢再纠结"有无之相生"了，倒是时常害相思病，这病瞒不过天的，索性坦白吧。

不久前去乡下，看见草窝里一个粪蛋蛋，旁边爬满了背黑甲壳的爬行动物，我问随行的一位美女博士："认识吗？"她的回答是："恶心！"纤纤玉指捂住了嫣红的性感嘴唇。我笑她："你应该捂住眼睛！"她的眉毛眼睛都在笑。我就告之："那叫屎壳郎！"把"屎"字故意咬得重，自己却扑哧笑出声来。我说："我们读书人——算了，我糟蹋我吧，是否很像屎壳郎？那个粪蛋蛋，是否很像我的书房？"她既然"愿闻高见"，那么就且听我道来。

我的读书兴趣，始于"啃老"，就是抱着"四旧"，"啃"个不亦乐乎。我"啃"的第一本书真是"四旧"，起码破旧得厉害，竖排的繁体字，烟熏岁月烤，发黑发黄，纸薄脆得一碰就要碎似的。没有封面，没有封底，第一页从"贾宝玉初试云雨情"开始，读完了才知道我读了《石头记》，也就是《红楼梦》。无头无尾，读得满头雾水，却也读得津津有味。哈，有无之相生，不无道理嘛！后来回想，真是妙哉！妙哉！我那时也十三四岁了，与贾宝玉年龄相仿佛，心应该是相通的。情窦初开，似懂非懂，才有想象空间。我问过一位村里的高中生："《红楼梦》是一本啥书？"他说他没读过，却听说过一句话："读了《红楼梦》，不 × 都不行。"那个"×"我知道，就把那残本《红楼梦》又"啃"了一遍。一遍是一遍的滋味，一种莫名其妙的快感滋味。上高中时，我终于从新华书店买到了全本《红楼梦》，通读一遍，意犹未尽，临高考前掏空儿还读了一遍。上大学时又读，又是一种体验和感悟。到出版社当编辑，近水楼台先得月，单《红楼梦》

就搜集了不少版本。屈指一算，读了十二遍，仍有再读的打算。《红楼梦》对我的影响不限于文学，也不止于思想。它不像小说，更像人生如梦的现场解读，使人不知不觉中步入了曹雪芹神来之笔构思还原的梦境之中，自己不像看客，倒像梦中的一个影子，随时随地都在红楼人物的背后；也不像阅读，倒像窥视，甚至像亲历，读完后有大梦初醒的感觉。苏东坡说人生如梦，读《红楼梦》才能真懂。梦，就是那样子的！

是《红楼梦》激发并改变了我的读书兴趣。从这本书开始，我喜爱了读“四旧”书。明知道不对，却暗中搜求，求来偷读，觉得很刺激。我父亲有个书箱，里边藏有许多古典秦腔剧本，一看封面，就有阅读冲动。那封面多是才子佳人的戏装画，那内容也多是才子佳人故事，读得多了，我自己都会编词、编故事了。比如《软玉屏》《双婚配》《美人计》等，阅读便生兴趣，便想入非非，便欲罢不能。上初一时得到了一本竖排的《啼笑因缘》，上历史课时偷读，被抓了现行，老师批评教育，我虽然嘴上接受，心里却一百个不服气：“你说影响学习，我在班里学习成绩第一！”逆反心理使我“变本加厉”，几日不读书，真就害相思。

书，咋都恁好玩呢？即使革命故事，也有革命爱情。那时没有言情小说，从书店里买来的书，男女间的那些事，革命的、不革命的，涉爱就有趣。读《青春之歌》，余永泽拥抱林道静，我自己先激动，却犯嘀咕：一个守旧文人（余永泽），怎敢“抱”一个进步女青年（林道静）呢？一个革命者（卢嘉川、江华），怎么能“抱”一个女革命者（林道静）呢？读《战斗的青春》，李铁把许凤抱在怀里，我心里先“别别别”，既暗羡，又别扭，还紧张。为啥，想不清楚，更说不清楚，只是心里开始惦记书中爱情的结局了，真应了一句话：“愿天下有情人都成眷属！”作茧自缚，读书把自己也“读”进去了，从此看身边男女，都觉得像小说里的人物。看同龄的异性，怦然心动，心热，脸红。想走近，却走开，走远了却回顾，如释重负，竟然“别有滋味在心头”了。

上高中时，热衷于古典诗词，也是个似懂非懂。“关关雎鸠，在河之洲。窈窕淑女，君子好逑。”什么“鸠”呀“洲”的，并没有卿卿我我嘛，怎么能说是爱情呢？君子好逑，那小人怎么办呢？那秦罗敷究竟怎样一个美，竟令“耕者忘其犁，锄者忘其锄”呢？倒是“孔雀东南飞，五里一徘徊”，读得我泪水涟涟，替焦仲卿惋惜、遗憾，心中恨恨，却不知该恨谁！儿媳妇那么美、那么好，婆婆怎么就不喜欢呢？不喜欢也还罢了，怎么就非得把儿媳赶走呢？她如愿以偿了，却适得其反了，连儿子的命也搭上了，真是蛮不讲理，又不可理喻。唉，当妈的咋能那样呢？庆幸我生在新社会，没有那样的妈，也就不会有那样的悲剧。

只要读诗词，我就“心事浩茫连广宇”，怀古悠悠，也相思悠悠。至于为谁相思，自己也是一头雾水。记得一晚，在校园操场上孤独散步，出声背诵“明月几时有，把酒问青天”，诵罢，痴望青天良久，真有了“俱怀逸兴壮思飞”的感觉。与此同时，却想一个人，就是想入非非那种“想”，以至于跑回教室，吟诗填词的冲动不可自遏，心里当然也愉快得不行。那诗词里是有个人的，也是有个心的，为谁抒情为谁歌，天知道，地知道，唯独那个人恐怕今生今世也无从知道。嗨，这就是人生吗？或许就是从那一刻起，我对诗词之美才若有所思、若有所悟的。诗词是不必读懂的，读懂的也未必是诗词里的那个情、那颗心！譬如李商隐的《锦瑟》，谁真正读懂了呢？确实很美，却似是而非。还有他的《无题》，为什么就“无题”呢？我没有读懂，却一眼润湿。一首首《无题》，宛如猜谜，只有谜面，没有谜底。一千多年后，我仍在追问：李商隐诗里的那个“她”读到诗了吗？既然是写给“她”的，“她”就应该是第一读者，不被“她”阅读的诗，美固美矣，却也憾之甚矣！

我读书真正害相思，恐怕是从李商隐的《无题》开始的。只要读书，不论读啥，都会掩卷思之，思之，一知半解仍思之。早在 1979 年 7 月 7 日，我就买了瞿蜕园先生的选注本《汉魏六朝赋选》，只“啃”了陶渊明的《闲情赋并序》，便撂下了。上高二的那一年暑假，再次拿起《汉魏六朝赋选》，已经“心有灵犀一点通”了，每读完一篇赋，都要沉思多半天，仿佛魂不附体，而附赋之字里行间了。放下书，总恍惚，村里人叫我，我半天没有反应，有人当面笑我："读书读瓜了！"

一日早晨，旭日冉冉升起，朝霞煞是好看。一边读《洛神赋》，一边在苞谷地里行走，苞谷比人还高。"其形也，翩若惊鸿，婉若游龙。"真美女也！不禁自问："人间有吗？"不知不觉间，真相信了洛神并非虚构，说不定哪天与我邂逅。那时候年少，不觉得那是痴心妄想，倒觉得人生如此美好，洛神嘛，曹植遇得，我如何不能遇得？过完暑假，我要去文科班实现自己的"人生梦想"，或者说"远大理想"。信心满满，隐忧也不能说没有，但书之于我，已等同"洛神"了。我的梦都在书里，只要阅读，我就能进去，就能在书中找到我自己。记得重读《红楼梦》，读到贾宝玉、林黛玉偷看《西厢记》那一回，心动不如行动，直奔新华书店，也买了本《西厢记》，付钱时心跳得厉害，好像我的一门心思被女营业员窥见了。星期日，一个人在教室里偷看，兴奋得像做贼，尤其是看《酬简》一折，心惊肉跳，浑身发热，却原来爱情要那样。越是心惊肉跳，越是要在人前掩饰。心里已经有了"洛神"，既不敢走近，也不敢面对，只敢远眺，或者窥视。想不到书的世界，隐藏着那么多秘密呀。更爱书了，读书不仅仅为国为民，也不仅仅为高考。为啥，深埋在心里。至少有一怕："癞蛤蟆想吃天鹅肉！"我是癞蛤蟆吗？高考逼近，只能用高考去证明是或者不是了。

我考上了兰州大学，才恍然大悟：我不是癞蛤蟆，也不想吃天鹅肉。心中“洛神”若有若无，若近若远，若亲若疏。自信，不自信。心一直在摇摆，在迷茫，在试探，在寻找，在定位。自卑表现为自尊，自尊缺乏自信，能真正亲近的只有书，也只有读书的时候魂魄才能回归自身，然后在字里行间抒情放飞。大学生不是中学生，大三大四也不是大一大二，我在否定之否定中找回自我，找回自信。常在校园林荫道里孤独地散步，反复吟诵李白的诗句：“弃我去者，昨日之日不可留；乱我心者，今日之日多烦忧。”谁“弃”了我？或者我被“弃”了吗？是“洛神”，也不是“洛神”，似乎真正的“弃者”是我自己！也“寻寻觅觅”，也怅然若失，幸而有壮志兜底，一腔相思寄托在壮志里，而壮志又寄托在书里。只有读书，才如释重负。泡一天图书馆阅览室，这一天便感觉到充实，晚归宿舍的时候，脚下生风。其时认识了一位女子，高我一级，每次见她就是我的节日，也是我卖弄学问、学识的良时吉日。她懒得去图书馆，每次见面交给我一个书单，等我借到手后先睹为快，下次见面时再转给她，她把已读完的书归还给我，如此循环了一年之久，这一年对她也就多了了解，更多了非非之想，天天就不似相思胜似相思，真以为自己害相思病了。

走出大学校门的时候，我把自己的书装进七八个纸箱里，随身带到单位，真不想再打开。我想挣脱书，不做书虫，做我自己。不承想，自己一步跨入了出版大院，做了图书编辑，一干三十多年不挪窝，这就是宿命了，与书是今生今世结缘，见不得又离不得了。书改变了我，这是肯定的。首先呢，在他人眼里，我就是一书生。对这个角色，我心里最初排斥，却在不知不觉中被定位了，被归类了，被加上烙印了。就如同庄稼人务农，就是农民一样。不需要论证，已经这样了，只得这样了。其次吧，我自己也以书生自居了。既然是宿命，何不就认命呢？其实做书生也挺好。士农工商兵，总得有人做吧？还有个其三，我其实早已被书同化了，或者说书化了。思维谈吐摆脱不了书生气，做人行事必然大受拘束。我当然知道，书改变了我，书也在束缚我，使我的一言一行都不能摆脱书生气，至少给外人的感觉是如此。我挣扎过，甚至想过随波逐流，不再坚守自己想要坚守的，放弃自己或许应该放弃的，但我于心不甘、不愿，有时候还不屑。我不我行我素，却也很难入乡随俗。

百无一用是书生，除了读书，还能做啥呢？书弱化了我，手无缚鸡之力，该出手时即出手都不能够了。蚕吐丝，蜂酿蜜。我不敢自视清高，却敢以蜜蜂和蚕自比。书好比百花，又好比桑叶。唐诗人罗隐诗云："采得百花成蜜后，为谁辛苦为谁甜。"为谁呢？不管了！蚕吐丝，结果只能是作茧自缚，然后呢，当然期盼破茧而出。我能破茧而出吗？看造化吧！

所以，仍生活在书里，不能挣脱，就不挣脱了。照顾话头，也就是回到本文开头："书中自有颜如玉，书中自有黄金屋。"书中有吗？哈哈哈……

读书的地方

儿时最喜欢读书的地方是菜地，又叫菜园子。夏日的早晨，我端一把躺椅，隐身菜园子里的某个角落，可以仰望太阳冉冉升起时的云蒸霞蔚，可以放眼田野丰盈冲动的此起彼伏，可以放纵青春燃烧的想入非非，可以把心安放天边的白云之上，仿佛可以与鹰一样展翅翱翔。朗读，默读，醉读，都有快意在心中充盈，弥漫，挥发。菜园里，绿色簇生、簇拥，花朵散漫、烂漫，生机勃勃，生意满满。向日葵昂首而醒目，翘望旭日东升，仿佛一脸醉态；扫帚菜各自为尊，如峰峦般割据，高过了人头；南瓜蔓、水瓜蔓攀高爬远，随地纵横蔓延，阔叶上炫耀花朵的金黄，层叶里深藏果实的硕大。茄子、西红柿子，各是各的显摆；刀豆、四季豆，各是各的姿态。站累了，就半卧躺椅上；疲倦了，就漫步苞谷地。呼吸的是地气、氧气，却不自知;拥有的是朝气、浩气，却无感觉。当时的心旷神怡只在往后的回味中才显现了魔力，可再也回不去了。那样读书的地方，今生今世也只有魂牵梦绕了。

故乡在岭上，是个风口，冬日格外地冷，坐热炕上，手缩进袖筒里图暖和，书冰得不愿用手去碰，却经不住书的诱惑，把书揣进怀里，出门去，踅摸到老人晒暖暖的山墙拐角。老人的话多，还喜欢问，你不理，他嘴就嘟囔，扫兴，所以不尽兴。有一次雪霁，天蓝得出奇，我灵机一动，抱了书远走窑背沟，那里向阳，避风，果然比山墙背后暖和。裸露的崖地，是松软而细腻的黄土，被阳光烘热了，坐上去如坐了沙发，舒适极了。读书读得眼花，就远望，对面阴坡的积雪白花花的刺眼，南山也银装素裹。这时候就心不安分，倚靠了崖壁假寐，眼里变幻着五颜六色，灵魂像蝴蝶一样飞舞、游荡。此后经年，常梦见当时的情景。那是真正的梦境，挣脱了，却等于永远失去了。

真正步入人生的梦境应该是上了高中之后，这梦境完全是书的赠与或赋予。忽然有了孤独并喜欢了孤独，一个人抱着书在校园里走，在校园外的阡陌上走，在灞河的滩地上走，想的是书中的人物，联想的是自己的命运。拥有这样的读书环境真好，珍惜是自然而然的，但读书的喜悦抵消不了莫名其妙的隐忧，因为拥有不是永有，离开如同断奶，母校等同母亲，不能永远赖在母亲的怀抱里。高考是一个标杆，也是一个分水岭，每一名高中生都在攀缘，何去何从，心中真没有谱儿。我有一位同学，也聪明，也苦读，高考一分之差，便被拒于高校门外。复读，反而力不从心，最后只有回乡种地了。我羡慕过他老婆孩子热炕头，却不敢想象自己当年如果落榜，是否拥有他的那一种认命与从容。多年后，我念念不忘当年读书的地方，却也记得自己曾经的隐忧。或许人生就该这样，拥有就是有，有得就有失。

高中时代，我不能忘记县阅览室。我是偶然发现那个去处的，临街，一个教室的格局，三壁墙，依壁竖立了书架，一面书，一面报，一面杂志，中间放置了硕大的桌案，可以伏案阅读。女管理员是个媳妇，不笑，也不像读书人，手不离棒针，好像有织不完的毛衣。少年如我，看见那样的媳妇照样心跳。第一次进入，土的地面刚被洒扫过，一眼清爽。借书报杂志的时候，只需要用校徽作抵押，看完了随意换取，不能多拿，也不能带走。我是逢周日必去，为了能借到新的杂志，总是赶早，去的时候门刚开，女管理员忙洒扫地面，我想与其闲着，不如帮她，可以缩短等候时间。从这日开始，她的脸上有了笑——起码对我，我觉得她的脸还是蛮好看的。她开始为我预留我喜阅的杂志或书籍，并允许我带走。一度，或许有些日子，我真有些恍惚，对那个地方有了一种莫名其妙的牵挂，或者说惦记。有日子不去了，心有点空落。去了，她会殷勤地为我推荐新到的杂志。

我陶醉了待在那里的读书时光，希望墙上的时针不要走动，让美好的时刻无限地延伸。下午 4 点，是关门的时间，合上书刊时依依不舍，步出阅览室，睁眼看街道，行人已稀少，耳畔忽然有了轰鸣，恍惚间仿佛刚挣脱梦境。高考来临，我才忍痛割爱，没有再去那个阅览室。直到上了大学，那个阅览室几次出现在我的梦里。

大学时代，我读书的地方一个是教室，一个是图书馆阅览室。两个地方，各是各的味道。我喜欢教室里只有我，一个人占据偌大的空间，读书，笔记，灵感冲动了写作，心灵的享受难以形容。一个人的教室不受拘束，不忌讳咳嗽，放屁无须脸红，舒展筋骨时候更可以放肆。一些人生哲学，读得我毛骨悚然；一些言情小说，读得我春心荡漾；一些人物传记，读得我热血沸腾。去阅览室多是星期天，占一个座位，借一堆书报刊，贪婪地浏览。书报刊里有墨香，有霉尘，有耸人听闻的故事，有大千世界里的多姿多彩与千奇百怪。心思有时候在书上，有时候会神游，会发呆，会忽然心旌飘摇。耳边是翻书声，是笔记声，是红唇凑近耳朵的窃窃私语声，心就活动而好奇，魂离开了身子，游走而侦探，借助声波的传递甄别发声处的性别故事。会留意某一个被占领了的空位，会期盼某一个丽人的如风而至，会自作多情地注视某一个倩影来去走动、挪动、晃动。有时候一日空候而怅然若失，有时候喜出望外而心旷神怡，有时候鼓足了勇气亲近，掩饰自卑却夸张了自尊。此时无声胜有声，道是无晴却有晴。

走出校门后，我有过一个月的读书记忆。我到省出版社报到后被告知，办公室还没有腾出来，必须先在住的地方办公。见习编辑的日子里并无公可办，只是随时等候差遣而已。我与另外俩同事住止园饭店，一位同事出差，另一位同事热恋，女朋友天天来敲门，来了就没有走的意思，只好我走了。去哪里呢？刚回西安，人生地不熟的，上班又不能走远，幸而附近有个莲湖公园，人就挪动脚步，乐得赏心悦目了。那时的莲湖公园并没有多少人晨练，因为出入要付费的。公园人不很多，我抱本书，绕湖转，转累了，就势卧草地上，读书，听蝉，看蚂蚁上树，欣赏花媳妇（瓢虫）爬飞，困了眼睛一闭，会周公去了。一个月里，西安正热，我却享受着这清凉界，没有意识到自己早晚都在吸氧，也没有意识到良辰美景适合锻炼。偶尔看见一对儿同龄人划船，相思病就被勾引出来，也没有具体的相思目标，脑海里蹦出谁，就使劲想谁了。一个月里，并不怕雨，雨里亭下，看雨点与湖面接吻，一个水泡就是一个吻印，不冲动都不由我了。

有了办公室后，办公室就是“家”了。所谓八小时工作制，对单身汉是没有意义的，偷懒的时候，吃喝拉撒睡都在办公室了。寂寞的时光很多、很长，不愿意去电影院看别人出双入对，就只有用书消磨了。古典小说、西方小说几乎已经看遍了，当代小说看厌了，散文随笔不是很多，就疯啃理论书籍，连当哲学家的想法都有了。看书就有灵感，书评写了不少。办公室里，一个人的夜晚，灯光下，读书常常出神、走神，真与书中人对话了。记得重读《红楼梦》，身心都在梦游了，好像自己就是大观园中人。恰是这时候，我想我读懂了《红楼梦》。我不纠缠宝黛之恋、钗黛之争了，领悟到了人生如梦、梦如人生，人到世间就是做梦来了。相思梦，姻缘梦，事业梦，仕途梦，富贵梦，梦与梦交织，人因此而着相，而疲于奔命。生此觉悟的时候，我结婚了。

婚姻是个屋顶，总得有个遮风挡雨的地方吧。我就租屋而居，租屋也就成了我的书屋。租屋在城南二府庄。之所以舍近求远，是为了与好友滕恩昌毗邻而居。一年多的光阴，一年多的无穷回味。租屋不大，我的写字台颇大，加上俩书架，占去了三分之一的空间。妻子深睡眠的时候，我伏案读书或者写作，一不留神就闪过半夜了。楼下的房东大嫂起夜，看见我房间灯亮，咳嗽，我这才意识到该上床了。房东大嫂年长些，也算60后，她曾好奇地问我："读啥呢？能忘记了睡！"我笑答："听古人说话呢！"她不懂我的意思，仍好奇："你耳朵灵，能听见古人说话？"背后里，她给人说："孔明就是呆子，读书呢，还说话呢！"妙在我没有听见妻子睡觉说梦话，妻子却说我读书中间确实自言自语。我想，我是"走火入魔"了。这一年我读的书多，写的文章也多。

1991 年底，我拥有了单元房子，两室一厅，最大的房子做了我的书房。我没有多少家具，唯一可炫耀的就是两面壁的书柜，书多得上不了架，只好堆地上了。这里住了七年，是我读书、写作最出成绩的七年。那时候最怕人敲门，偏偏总有人敲门，来的多半是不速之客，坐下就不走，谝美了就吃饭去！我不心疼饭钱，但心疼时间。书房的墙壁本来雪白的，我不吸烟，却焦黄了，一看就知道是烟熏的。精力旺盛，喜欢了四处奔走，不给自己空闲的时间。人说看景不如听景，我偏要看，与朋友滕恩昌一到周日，就背个挎包，跳上班车，只要是进山的车就上，把一双眼睛寄养山水了。归来，一个人坐书房里，写一路的灵感，真是快哉！撇下文章，开读，与古圣贤对话，真是快哉！哈哈哈，我拥有独立书房，等于拥有了独立世界，能不快哉呀快哉！

1998 年，我搬到了安远门外，拥有了更大的房子，也拥有了更大的书房。一年到头只是个忙，却怅怅，问自己："我忙了些啥？"书架上的书被淘汰了不少，也增添了不少，可阅读了多少？旧书还偶尔翻翻，新书很少去碰了。书的革命，就是书的风光不再：不再神圣，不再神秘，不再被顶礼膜拜。"旧时王谢堂前燕，飞入寻常百姓家。"我的职业就是把文字变成书，所以书来得容易；我的角色使我有了越来越多的文友，所以总有"批评指正"的书源源不断地填充我的书房。已经基本不买书了，书店里的经典基本都是"总把新桃换旧符"，皮皮漂亮了，瓤瓤不敢恭维了。读书的兴趣减退了，不读书的好处倒感受了不少。与其读一些无病呻吟兼自摸的书，真不如与朋友登山、散步、茶聊去！

2009年，我搬到了大明宫遗址公园的边上，拥有了两个书房。叫个书房，真是名副其实呀。之所以辟出两间房，就是为了给那些书一个栖身的地方。快五年了，书又堆到地上了。不买书了，书反而多了；书更多了，反而读的更少了。哈，这便是悖论了。自问我的读书兴趣尚在，但确实读的时间需要挤兑，这便是读书人的无奈了。也悲哀。小时候读书，总有梦引诱着、牵挂着，现在呢？一些书真不想读了，想读的书真不多了。我写过《读书何用》，不是矫情，不是迷惘，不是为做文章而做文章，而是真质疑读书的用处了。对一个人来说，由少年而成年，读书肯定不可或缺；但对一个人的梦想成真与否，读书的意义需要打一个问号。此中玄机我不说，觉悟者自悟，不悟也好，大多数人都是不悟而度过人生的。

不过，不管谁，不管在哪里，拥有一个读书的地方还是很幸运的。

读『禁书』

读初中的时候，听说世上有禁书，好奇，神往，却不知禁书为何物。上初一时得到了一本书，也是竖排的繁体字本，封皮已磨损，不知谁给糊了护封，写了《啼笑因缘》和“张恨水著”等字。情节曲折迷离，故事凄婉感人，使我不忍释手。上历史课时，我把此书藏在抽斗里偷读，被历史老师发现，书被没收。我去要，他不给。我不死心，天天去找他，从门缝里窥见他也偷看此书，便理直气壮了，声称书是我父亲的，父亲要。父亲在供销社工作，与他认识。他说我读的是歪门邪道书，我坏笑，笑得他把书还给了我。当然我写了保证书，保证在上历史课时不再违反课堂纪律，读“歪门邪道”书。

实际上“歪门邪道”书才有趣，读起来才刺激。可那个时代，那个年龄，想读“歪门邪道”书谈何容易！也不明白“歪门邪道”书究竟是什么书，总把“歪门邪道”四个字和《啼笑因缘》无法画等号。不过我有个奇怪的想法，但凡书破旧些，就联想到破“四旧”；但凡不是革命的书，就以为是“歪门邪道”书。

父亲所在的供销社，有个古旧物品回收门市部，每遇集，常收一堆旧书。我既然是书虫，自然垂涎欲滴。我去父亲房间，必须经过那一堆旧书。存了心，就能逮着空儿。孔乙己说，窃书不为窃。我当然不赞同孔乙己，但我赞成他的话。可能就是他的话支持了我，使我巧妙地“窃”了不少书，竟不生愧疚之心。如此所“窃”的书中，有两本给我留下了记忆。

一本是个小册子，是关于计划生育方面的，属科普书吧？但我那个年龄，读那本书显然不合时宜；恰也是那个年龄，对那本书最感兴趣。我先是把小册子夹在姚文元和张春桥的两本黄皮书里，用报纸包好，带回了家。等来了一个雨天，人躲在厦房的楼上，读得面烫耳热。一边读，一边寻思。似懂非懂，却还是“懂”了一些人体的秘密。既然是秘密，我就找了同村的一位好友“分享”。给他书时，我限制了时间。他发誓，不按时归还，他是鳖。我去找他要书，他嫂子说他在楼上做作业。我顺着楼梯上去，看见他趴在一堆麦秸里正“刻苦攻读”。我俩还恶作剧，把书中的画图指给同龄的女生看，她们竟一头雾水。可能正是这本书，使我有点早熟吧。初一时上生理卫生课，上到最敏感的那一节，老师红着脸问谁愿意朗读。班上最漂亮的一个女生推荐我，我竟不推辞，念完了半堂课。老师高中刚毕业，正是最“害羞”的年龄；我虽然早熟，但毕竟不是“真熟”，所以即使“害羞”，依旧“初生牛犊不怕虎”。这又反证我其实还没有长大。

另一本书是翻译小说，名《饥饿的道路》，巴西作家亚马多著。我小时候反感翻译小说，嫌人名字长，中间还加圆点。我不读《钢铁是怎样炼成的》，不读高尔基，这是唯一的原因。至于上大学后对外国名著一度着迷，那是后话。《饥饿的道路》一直压在箱底。多年前大哥捎来一堆我小时候的藏书，其中就有《饥饿的道路》，妙在它的主人竟是我的忘年交朋友秦生贤先生。书扉上有秦先生的名字，购书时间为 1961 年，当时他正读西安交通大学，我还没出生。如今，我的孩子已经上大学，他则一头华发，退休后不再读书，天天抱孙子，享受天伦之乐。一本书，扯出了岁月的叹息，也扯出了缘分的诡异。

我十岁的时候，外婆瘫在炕上，需要母亲伺候。暑假，我跟着母亲，无所事事，只有读书。只要读书，外爷就笑眯眯的，不肯使唤我，我乐得抱个书，做出胸怀大志的样子。小舅高中毕业后当兵了，他的藏书塞在窑窝里，多是些政治书和课本，唯一有意思的是一本小说，叫《壁垒森严》，我读了三遍。再没有可读的，我就啃一拃厚的《赤脚医生》。外婆家何以有《赤脚医生》，不得而知。一年以前，外婆家住过下乡的女知青，书极可能是她留下的。巧的是有一次，女知青来看外婆，发现我抱着《赤脚医生》看得投入，很吃惊，问我："你能读懂？"我急忙把书丢开，撒腿跑远了。我的医学知识，多半是那本书传授的。

母亲身体不好，迷信。她爱枕一本厚厚的书，说是老书辟邪。对这本书，我当然心向往之。实际上，那不是老书，甚至不是竖排的繁体字本，纸粗糙些，让烟熏黑了。但绝对是"四旧"书。书中都是些神鬼故事，千篇一律。我是读一篇，便添盐加醋地向玩伴们"贩卖"一篇，"勾引"得他们天天惦记，天天跟屁虫似的不离了我。故事有完的时候，我却顺着思路往下编，竟然蒙得玩伴们兴趣盎然。想起这件事，我就觉得好玩。孩子就是孩子，千篇一律的故事也是故事。孩子们价值观很简单：好坏分明，好人比坏人厉害，正义一定要战胜邪恶。我之所以能"蒙"他们，多半是因为他们渴望读书，却没有书；即使有书，也没有时间读。他们中好多人很小就被当成劳动力使，劳动养成了他们的好动不好静，而静才是读书不可缺少的。我挣脱了农门，不是我比他们聪明，而是我好读书，有书读，比他们读书的时间要充裕。

我至今回到村子，同龄以上的人说起我读书的情景，话头就没完没了。我也爱听，就像听别人的故事。实际上，我最惬意的读书生活恰与他们的记忆吻合。上高中的时候，村里人已对我另眼看待。我呢，也自视清高，走路一副踌躇满志的样子。暑假，我给自留地里放一把椅子，天天早读。身后是园子，面前是菜地和庄稼。每天，看着红日从东山背后升腾，看着露水从苞谷叶子上滚落。天地间是这样的美好，又是这样富有生机。蒸腾的早雾时常变幻着五颜六色，激发了我的豪情。在我心里，理想就是那冉冉升起的红日。我会扯开喉咙早读，没有丝毫的顾忌。那样的读书生活像梦，不是梦，却终于成了梦。但即便是梦，也值得回味。我当然知道，也只能是回味了。

书房

曾经和身边朋友开玩笑，说我刚步入社会的时候，住的是多功能租房：之所以要租房，因为结婚需要房；只租得起一间房，所以租房等于婚房；新婚之夜，租房变成了洞房；房里放了一张床、一个大衣柜，租房就是卧房；白天在房里做饭，租房相当于厨房；晚上在房里起夜，租房等同了茅房；房里放了一张写字台和两个书柜，租房算得是我的书房了。回想起来，如饥似渴的那几年，都是在这样的“书房”里度过的。白天，妻子做饭，孩子嬉闹，不影响我伏案读书或写作；夜深人静，妻儿酣眠，我则或抱着书读得津津有味，或拿着笔在纸上爬格子。一些书读后至今记忆犹新，一些文发表后至今犹未过时。末了，我这样为租房小结：“作为读书人吧，这是我一生真正的书房！”

为什么这样说呢？可能很多读书人与我有同样的心得体会。我搬迁过几次，房子一次比一次大，自然书房也越来越更像书房了。说“更像”，原因有二：第一，书柜越来越多，也越来越考究了；第二，书房的体积越来越大，空间却越来越小了。为啥？书越来越多了嘛！书多得上不了架，就只好堆地上了，说堆积如山也不算夸张。与此同时——至少我自己有了这样的感觉——在书房里待的时间越来越少了，读的书也越来越少了。从前，我的书房里是窗明几净，一尘不染。如今呢？发现书柜落灰了，却懒得去拂拭；许多书经年不动，偶尔取出，打开，扑面而来的不是书香，而是陈年积尘。记得租房的时候，有亲友来访，看见两柜子书问：“你能读完吗？”我顺手抽出一本翻开，让对方看我读后做过的记号。我甚至指着自己脑袋，或拍着自己胸脯，不无骄傲、不无炫耀地告诉人家：“这些书都在这里，信不？”让人家看着书里的文字，我竟倒背如流。可是现在呢，十几柜子书，说那样的话，我早已经没有底气了。

一日，独自坐在自己书房里发起呆来。这是我的书房吗？却怎么不像了读书房，更像了藏书房呢？从前读过的书几乎过目不忘，书放在哪里，过几年都能记得准确的位置。现在，常常是一本书读过了，跟没读一样，过不长时间连书名、作者都记不清楚了。有朋友说：“你的脑袋里怕是盛不下那么多书了！”也有朋友说：“你的读书兴趣恐怕赶不上时代了！”这样的话，不无调侃，不无幽默，却也令人不无感慨："书，印制得越来越像精品了，却越来越与精品背道而驰了！"

在我看来，书房其实不仅仅是书房。至少对读书人来说吧，书房还兼有两大功能：一是栖息灵魂，二是与古人对话。如果把书房比作池塘，灵魂就好比鱼儿一样，只有在水里放养，才会自由自在地徜徉。如果把书房比作大雅之堂，灵魂若像蝴蝶一样翩然起舞，则登大雅之堂就不费吹灰之力，与古圣贤的交流也就不会有任何障碍。读《老子》，如被老聃耳提面命；读《庄子》，如随庄周做"逍遥游"；读《论语》，如身临其境，如聆听"子曰"，如跨越了两千五百年时空。我觉得只有读古典原著，古圣贤才可能栩栩如生。

书只有读，心房才可能变成书房；也只有读书，书房才是书，而不是房。

谁培养了李白杜甫？

网媒、纸媒几乎天天都在鼓吹一个声音，好像人才是培养的。我忽发呆想：李白、杜甫是谁培养的？两人都出生在盛唐，都与科举无缘。李白以诗闻名，未闻他上过什么诗学院、文学院。唐明皇授李白以翰林待诏，算得上“唯才是举”吧？这是李白的幸运。杜甫也未闻上过诗学院、文学院，诗也未给他带来好运气，一辈子寄人篱下，到死都郁郁不得志，诗圣之尊是后人封赠的。清人赵翼说:“江山代有才人出，各领风骚数百年。”也不尽然，李、杜距今一千多年，风骚独领，至今未有声名可及者。李、杜往前，老子、孔子，先秦诸子，各领风骚都超过了两千五百多年;李、杜往后，唐宋八大家，也是风骚至今不减，敢问他们是谁培养的？

李、杜是不是人才？回答是肯定的，可他们的人生境遇却是令无数后人咏叹的。唐朝让中国引以为傲，李、杜却失意于唐，这就值得后人反思。李、杜所处的时代有一百条理由不重用他们，但没有一条理由弥补得了历史的遗憾。显而易见，李、杜的诞生，与大唐盛世有关，但与唐王朝培养无关。“江山代有才人出”的真相是人才不在培养，而在放养，在发现，在赏识。龚自珍诗云：“我劝天公重抖擞，不拘一格降人才。”人才是可以“降”的，不是可以培养的。人才如千里马，关键在“相”，不在培养。韩愈说：“千里马常有，伯乐不常有。”这才是人才枯竭的真相所在。与其竭泽而渔，不如放水养鱼，这恐怕是常识。所谓人才培养，只能是缘木求鱼。

古往今来，但凡识者，都知道对于一个国家，人才不可或缺。甚至可以说，时势造英雄，人才造时代。姜尚不是周培养的，是周文王发现后礼聘的，可以说周有了姜尚，才有了八百年江山；商鞅不是秦培养的，而是秦引进的人才，可以说秦拥有了商鞅，才拥有了傲视群雄的资本，秦统一中国才梦想成真；诸葛亮不是蜀汉培养的，是刘备三顾茅庐请来的，可以说刘备拥有了诸葛亮，才拥有了蜀汉三分天下居其一的皇皇伟业。春秋、战国，诸侯称雄，都是在延揽人才，而不是培养人才。秦汉以降的察举、征辟，魏晋的九品中正制等，都是先有人才然后被推荐为官的，科举考试就是选拔人才。历代雄才大略的皇帝，无不求贤若渴。

唐太宗五次下求贤诏书，不问出身，只要是人才被引荐，必量才录用。一次，宰相封德彝对唐太宗说:“天下人才尽入陛下彀中，实是野无遗贤。”唐太宗却不以为然说：“君子用人如器，各随所长。自古人君致治，难道能异代借才么？患在自己不能访求，奈何轻量当世？”在唐太宗眼里，人才不是没有，而是贵在发现。唐太宗还曾对出征高丽的将军薛仁贵说：“朕不喜得辽东，喜得卿也。”“喜得”二字，足见一代明君的远见卓识确乎在常人之上。

常说历史是面镜子，遗憾的是这面镜子常常被束之高阁，被人遗忘。当今教育体系不可谓不完备，培养人才的机构可谓五花八门，但真正的人才呢？举个例子：中国有个鲁迅文学院，顾名思义是培养像鲁迅那样的文学家、作家的，从那里毕业的学员不可谓少，但至今没有一个可以与鲁迅比肩。如果鲁迅文学院培养不出一个“鲁迅”，这种培养就很可疑，至少可以质疑！

我撂一句大话：奴才是可以培养的，人才则未必，至少文学艺术人才是这样的。

曹雪芹的『痴』

人常说，文学是痴人的事业。这话不能说不对：不痴，何以坐得冷板凳？何以忍得大寂寞？何以求得身后名？但也不能说全对：再痴，才力不逮呢？阅历不丰呢？悟性不高呢？显而易见，要想在文学上出人头地，唯有“痴”是不够的，只是个“痴”，一味“痴”，到头来只能是痴人说梦，痴心妄想。

就以曹雪芹为例。曹雪芹无疑是“痴”的。为了《红楼梦》，“披阅十载，增删五次”，忍受了多少青灯孤冷？遭遇了多少悲欢离合？品尝了多少酸甜苦辣？抛洒了多少汗珠泪水？还不算生活的困窘、寒暑的熬煎、精神的折磨。饶是千般辛苦，仍然笔耕不辍，那就是“痴”了。就连作者自己也以诗自嘲：“都云作者痴，谁解其中味？”痴心一书，滋味如何？不亲历，如何能知？不同心，如何能解？最知心因而最能解的恐怕只有曹雪芹的红颜知己脂砚斋女士了。

曹雪芹是伟大的，因为他写了《红楼梦》。《红楼梦》何以高居文学峰巅？唯有用“痴”去解是不够的，此中有必然，更有偶然，而且偶然恐怕要大于必然。何以见得？曹雪芹的身世就有可解读的密码。出身于世袭的侯门贵族，是皇家的包衣家奴，与王侯将相沾亲带故。一辈子荣华富贵，到死都锦衣玉食，曹雪芹会写《红楼梦》乎？不曾享受过荣华富贵，不曾有过锦衣玉食的日子，曹雪芹能写出《红楼梦》乎？冥冥之中，幸与不幸似乎都在成全曹雪芹。幸，不言而喻；不幸，亦不言而喻。豪门倾覆，富贵成空；昨日公侯，今日囚徒；天上地下，恍若隔世，放谁身上，都会像做梦一样。特别是颠沛流离之后过上了自食其力的百姓生活，那种心理上的反差与阅历上的落差是任何一个作家无法靠“体验生活”就能获得的，更别说“闭门造车”了。天才的想象还是想象，天赐的阅历是成就一个作家真正的写作财富，曹雪芹于不幸中却万幸地得到了。但是，古往今来，谁愿意为了未知的文学辉煌，而宁愿放弃既有的生活辉煌？恕我之孤陋寡闻，未闻也。事实上，人生的幸与不幸，多半不是自找的。曹雪芹富也罢，穷也罢，都与他无关，有关的是他拿起了笔，把生活的如梦如幻还原为文学的如泣如诉。故此，创作之神在打造曹雪芹，而不是曹雪芹在跪拜创作之神，以求创作源泉长流不息。不可否认，古往今来，遭遇如曹雪芹者比比皆是，但成就如曹雪芹者几无二例，何也？这就只能归于天才与痴情了。天才可能被埋没，但只有天才如曹雪芹，才能身体力行，“不辱使命”；痴情可能一事无成，但只有痴情如曹雪芹，才能“满纸荒唐言，一把辛酸泪”，硬是在贫病交加中“哭成”了流芳百世的《红楼梦》。

所以，曹雪芹没有可比性。古今中外，拿谁和曹雪芹比较都是可笑的。至于当代，不论谁自比曹雪芹，都是不自量力。你可以成为张雪芹、李雪芹、王雪芹，但永远成不了曹雪芹。即使获得了诺贝尔文学奖，仍不能和曹雪芹相提并论。因为曹雪芹的时代已经成为《红楼梦》里的文字，那样的文字也就只能属于曹雪芹一人所有。仅此而言，曹雪芹不可学习，不可复制，不可超越。

乾隆二十八年除夕，一颗心脏停止了跳动。没有人能知道，那是一颗伟大的心脏。甚至，没有人知道告别人世的是年仅四十八岁的曹雪芹，他一无所有，却留给了后人一部不朽的《红楼梦》。真正为他洒泪的，可能只有那位陪伴他生命不息、创作不止的女性，姑且就当是《红楼梦》的第一位读者脂砚斋女士吧。《红楼梦》能饮誉后代，她应该是第一功臣。她也是痴者。没有她的“痴”，曹雪芹的“痴”极可能化为乌有。

假设没有意义，但启示不言而喻。文学就是文学，不痴心妄想，可能更容易有所成就；文学可能离不开痴人，但痴人未必就是文学的宠儿；文学要成就谁，天知道，地知道，如果有鬼，或许鬼也知道，就是当事者不知道，旁观者也未必知道。文学像情人，可以爱，甚至可以痴爱，但唯有爱是不够的，古今中外花好月圆者屈指可数，竹篮打水者如恒河沙数。文学像火，不走近无法感受到火热，太走近却可能惹火烧身；文学像海，不做弄潮儿不能体会到海的波澜壮阔，但做了弄潮儿就有可能葬身大海；文学像梦，梦再美好，也和《红楼梦》一样，照样“满纸荒唐言，一把辛酸泪”。

还有人说，文学是神圣的。我觉得这是个伪命题，不成立，还蛊惑人。如果把文学比作一个人，人有好坏之分；把文学比作一盏灯，也就是一盏灯而已，照亮好人，也照亮坏人。退一步讲，文学即便是神圣的，也未必就钟情痴心者。说白了，文学就是个载体，像水一样可以载舟，也可以覆舟。文笔如画笔，可以画人，也可以画鬼；可以把人画得像鬼，也可以把鬼画得像人。可这一切，都与痴无关。

永远的绝唱

一千三百年后，大唐遗韵犹存，那就是唐诗。回顾，唐诗像一道虹，跨越时空，璀璨依旧。一个中国人，对大唐盛世可以无知，但对唐诗无法陌生。自从牙牙学语，就可能手不离了看图识字读本，那里边多半是朗朗上口的唐诗绝句。每从幼儿园墙外走过，常能听到唐诗朗诵："鹅、鹅、鹅，曲项向天歌。白毛浮绿水，红掌拨清波。"声音稚嫩而甜美。语文课本里，最无争议的，是唐诗。中国人可以不识字，可以不读书，可以不写诗，但不等于就不会顺口来一首唐诗："锄禾日当午，汗滴禾下土。谁知盘中餐，粒粒皆辛苦。"唐诗像一个幽灵，依附于方块汉字，寄生于语言文本，寻常人等不留神，就有唐诗入眼、出口、悦耳。如果说中国人身上诗性尚存，那百分之百是唐诗。

诗，遇着唐了，真诗之幸甚也。国土一统，四海归心。诗圣杜甫歌颂当朝，热情洋溢："忆昔开元全盛日，小邑犹藏万家室。稻米流脂粟米白，公私仓廪俱丰实。"衣食无忧，闲来做什么？一边饮酒，一边吟诗，这就是唐人生活。政治宽松，社会开明，诗歌就像蝴蝶翩跹起舞，人才也就"鹰击长空，鱼翔浅底，万类霜天竞自由"了。唐开科举，以诗取士，遂令学子一举成名。唐太宗带头写诗，君臣唱和就像家常便饭。上行下效，诗蔚然成风，仿佛是人，都会吟诗一首。唐太宗还特设"弘文馆""文学馆"，眼看着天下文人竞相来投，便得意扬扬地说："天下英雄，尽入吾彀中矣！"那时的文人也好，英雄也好，都是写诗的行家里手。诗以抒怀，养浩然之气；诗以言志，解胸中块垒。思想不禁锢，灵魂得自由。人人解诗，人人能诗，人人都有了诗的情结和诗家情怀。祭祀大典，宴友小聚，吟诗作赋，几成惯例。诗歌模糊了贫富贵贱，又缩短了人与人的距离。诗甚至成了名片，拿一首诗就可以晋谒王公大臣，不必担心吃闭门羹。唐僖宗时，宰相郑畋的女儿因为喜爱罗隐的诗，害相思病了。郑畋不但不嫌贫爱富，反而给女儿安排了一次窥视相面的机会，结果是相门千金嫌罗隐丑，此后连罗隐的诗都厌恶了。郎才女貌未成佳话，唐时风气却扑面而来。杜甫作《饮中八仙歌》，"八仙"中有王爷、宰相，也有布衣、和尚；有诗仙、草圣，也有名士、狂士。他们既是豪饮者，又是善歌者，都有诗篇佳作留世。李白本布衣，仅以诗名，便出入朝廷，“天子呼来不上船”，历朝历代除了大唐，再无第二例。唐开元年间，诗人祖咏赶赴首都长安应试。按照规定，他应该作一首五言排律，要求六韵十二句，他却一笔挥就两韵四句诗一首：“终南阴岭秀，积雪浮云端。林表明霁色，城中增暮寒。”写罢走人。过后有人问故，他朗然答：“意尽矣！”或谓之轻狂，或谓之潇洒，若非生在唐朝，考生安敢如此放肆？唐诗多讽喻，皇帝老子都被娱乐、被开涮，《长恨歌》就是一例。唐代揭露阴暗面的诗比比皆是，罕见有诗人吃不了兜着走的。唐诗人只要“郁郁不得志”，便要吟愤世嫉俗诗，结果是顶多不让做官，不会真有人兴师问罪。世人能背《长恨歌》，却鲜有人知杨贵妃也能诗，《全唐诗》里就收有她的一首《赠张云容舞》，写得鲜活生动：“罗袖动香香不已，红蕖袅袅秋烟里。轻云岭上乍摇风，嫩柳池边初拂水。”美人如诗，诗如美人，读之，春心不荡漾，魂魄也悠悠。今人张口大唐，闭口大唐，不读唐诗，如何能理解大唐？

唐诗与唐朝，盛衰与共，相辅相成，堪称“绝配”。历史上，与诗歌同呼吸、共命运的，只有唐朝。开元盛世，出了诗仙、诗圣。天宝往后，国走下坡路，诗也走下坡路了。唐中叶诗人白居易虽然与李、杜比肩，却毕竟不能同年而语，国运使然，不得不然也。如果说中国是诗国，那么只有唐代才配享此誉。然而，唐诗已成绝唱。李白、杜甫、白居易，古风、格律、叙事诗，都“绝”了。最“绝”的是“绝句”，五言、七言四句，常常令人拍案叫绝！“两个黄鹂鸣翠柳，一行白鹭上青天。窗含西岭千秋雪，门泊东吴万里船。”诗圣不愧为诗圣，一首绝句，两副绝对，四幅让人拍案叫绝的图画。如果把诗比作山，唐诗就是山之巅：“会当凌绝顶，一览众山小。”如果把诗比作树，唐诗就是参天大树：“丞相祠堂何处寻，锦官城外柏森森。”如果把诗比作花，唐诗就是菊：“冲天香阵透长安，满城尽带黄金甲。”宋代虽然富可比唐，但雄风不再，于诗之上先少了胸襟开阔的底气和霸气。元朝短命，汉民压抑，哪里还挺得起唐人的那种腰杆？哪里还有心情吟风弄月？明清以降，八股文取士，人的诗性非但不能培育，反而备受压抑摧残。文字狱无孔不入，诗是罹祸之首，谁还敢“白日放歌须纵酒，青春作伴好还乡”呢？

噫！大唐去矣，唐诗也就当然成了永远的绝唱。

读张煦致张之洞书

近者，得友人张民赐书一部，曰《张煦张赞元父子年谱》。张民系张煦之后，请牛济先生为乃祖修谱，足见赤子之心。读此年谱，感慨系之者多，尤以《致鄂督张香涛书》为最。张香涛即张之洞，受信时为湖广总督，权倾一时，声名显赫。写信人张煦，清末廉吏，写信时为湖南巡抚。

张煦出任湖南巡抚，湖广总督张之洞为其顶头上司。清末之际，多事之秋，总督擅权，已成尾大不掉之势。当其时也，张之洞权倾地方，岂能把区区一省巡抚放在眼里？自是风闻即责，时时掣肘，弄得张煦无所适从。按照为官之道，即使对上峰有一百个不满，也应当一百个忍气吞声。故此，《致鄂督张香涛书》，应是张煦忍无可忍之作。张之洞拆读此信后的心情，作何反应，不得而知，亦不好揣想。但即使今天读来，仍不觉得过时，甚至觉得有点直指当下的味道。

首先，这是一篇儒林美文。作者才学，只此一文，已淋漓尽致；作者胆识，于字里行间，呼之欲出。胸中不平事，日积月累久，厚积而薄发，如鲠之在喉，不吐不快而吐于纸上，一气呵成，痛快！痛快！由此可见，美文不在巧于构思，不在无病呻吟，不在呕心沥血。言为心声，言之有物，胆识赋予文字，一经才学经纬，美文成矣。把此文收入中学语文课本，必使学生受益！

其次，这是一篇官场檄文。作者起笔以“才大望重”四个字赞誉张之洞，肯定他“为海内所钦仰”，并直言：“鄙人敢不敬服？”只“敢不”两个字，已见得作者不然之心。既然上司“才大望重”，下级焉敢不“敬服”？只是“敬服”有面与心之分。在张煦笔下，所谓“为海内所钦仰”已打折扣了。先扬后抑，开门见山，“扬”之辞何等吝惜，“抑”之文却和盘托出，笔锋所指，直击张煦之所恶，即张之洞之所好也。“好大喜功，惑于浸润，往往言不顾行，病在才优，于德无镇静功夫，以致遇事张皇，虎头蛇尾，言入即行，既行复悔。”如此评价上官，时人不目瞪口呆乎？即如今人，敢有如此直言不讳者乎？特别是“病在才优”四字定评，可谓石破天惊。清朝末年，吏治不治，庸碌之官辈出，张之洞以《劝学篇》而蜚声儒林，其才学为时人所敬仰。然而，恰是“才优”二字，使他恃才而傲视同僚、下属，张煦所列其“病”，根在此乎？病症跃然纸上，笔意却峰回路转，曰："若再加以涵养，庶为完人。"妙也。如此褒贬自如、收放自如、抑扬自如，真文章高手也！如此行文，可谓先声夺人！

文章气势已在，作者顺势命笔，如江河之奔腾，不加遏止。作者不满张之洞轻信谣言，"一耳闻之，料以为实，六百里加急文件一日数至，殊为惊骇"。谣言杀人，以张之洞之博识，能不知乎？见风就是雨，隔着八百里洞庭湖，对一省之事说三道四，指手画脚，作为巡抚，谁受得了呢？张煦秉笔直书，回答何其斩钉截铁："弟服官四十余年，洊至今职，岂毫无知识耶？皇上不以弟为不肖之臣，尚假以重任，公何不谅之甚也！弟老矣，求退不遑，岂能竟日作书吏，与公争笔墨之长短乎？"真是官老笔亦老，倔强中言不掩锋，犀利而一针见血！

张煦为官四十年，官至巡抚，深得光绪皇帝信任，自然有"倚老卖老"的资本。张之洞虽为上官，对一省巡抚起码的尊重岂能可有可无？善言之，这是张之洞疏忽大意之处；换言之，这是张之洞不智不明之处。张煦说得好："古之人，耕则问仆，爨则问婢，名有攸分，事有专责。"一言以蔽之，金无足赤，人无完人，张之洞能例外乎？不能，则张之洞之所为，就显见不自量力，太自以为是了。显而易见：太把自己当回事了，也就太不把别人当回事了。

既已晓之以理，便不能不辅之以据。以张之洞之树大招风，张煦岂能不闻之一二？似乎是信手拈来，便罗列出“有人言”“又有人言”“又有人言”“又有人言”等凡四例关于张之洞的负面传闻。末了，张煦告之张之洞：“弟姑听之耳，初未尝一言奉闻，公何好亲细事？”张之洞读信至此，未知汗颜否？

至此，张煦意犹未尽。他坦言：“至巡抚应办之事，弟当自行料理，无烦过虑，空言无补之，书亦无烦再施，则受赐多矣！”把话说到这份儿上，真是不客气到家了，足见老巡抚之气愤难平也，亦足见张之洞瞎指挥之甚也。张煦告诫张之洞：“公若恃才傲物，以势凌人，人纵甘而受之，是岂海内君子所望于公者乎？”言辞恳切，乃见拳拳之心。张煦希望张之洞：“弟深愿公为良臣、纯臣，不愿公为才臣、能臣。公再三思而审度之为幸！”信笔戛然而止，诤言却余音绕梁。味之者再，对张煦之品格秉性，肃然起敬矣。

张煦之此信也，贵在文胆之过人也。张煦若是活到现在，这样的信敢写乎？写得出乎？写出而能安然无恙乎？《张煦张赞元父子年谱》告诉我，张煦善终在山西巡抚任上，归葬于西安长安县。光绪帝特颁御制祭文，赞之以“性行纯良，才能称职”八个字。未闻张之洞报复过张煦。

张煦《致鄂督张香涛书》，大约写于清光绪十八年，即公元1892年。时年张煦七十一岁，张之洞五十五岁。嗟乎！岁月已逝一百二十余年矣，张煦何在？张之洞何在？

走路

人到中年，走路不是走路了，而是锻炼，想一想，悲从中来。

不记得是什么时候挣脱了娘怀，学会了走路，却记得能跑会走后，喜欢了模仿大人的阔步，喜欢了广阔天地里的追逐，喜欢了玩伴之间的赛跑，喜欢了花前月下的散步。走路如同呼吸，每日都在挪动着身子，却没有走路的意识。羡慕的是坐在马车上比走还快真好，羡慕的是骑了自行车兜风真好，羡慕的是不用走路真好。在很长的时间里，从一个地方到另一个地方去，总是计算着如何走捷径，计较着如何不走路、少走路，至少不走弯路。譬如上下班，能骑自行车，便不坐公交车，因为公交车的站点是固定的，上车、下车总有一段路要走。

我上班的最初几年，租屋比较远，常恨上下班不方便，羡慕着步行上班族。1998 年，搬到了安远门外，与单位有十分钟走路的距离，喜出望外，发誓要甩了自行车，走路兼锻炼。起先，步行的同事成群结队，有说有笑。一个月后，走路上班的越来越少。半年后，只剩三五人了，这三五人里就有我。我是真感觉到走路好，一个人优哉游哉。嫌十分钟的路短，就沿了环城北路西走，到尚武门绕回来，走环城公园，走过春夏秋冬，四季轮回的感觉都有了。随身带一个数码相机，花草芳树，甚至行人，是风景就按快门，一年复一年，竟积累了不少的岁月相册。

2009 年冬，我搬家到二环北路的边上，走路上班，若走马路，到单位需五十分钟；若绕道穿越大明宫遗址公园，需七十分钟。和刚搬到安远门外时一样，男女同事都嚷嚷，人到中年该锻炼了，不约而同地扬言要走路上班。起先，走路的同事还真不少，走慢了，就有同事追上来；走快了，总有同事被赶上。冬去春来，夏尽秋至，走的人又所剩无几了。走的理由只有一条：锻炼！不走的理由却五花八门：天热了，天冷了，天下雨雪了，天起风尘了，天太干燥了，等等，不是不想走了，是天不让走了；头疼了，腿疼了，眼睛疼了，甚至牙疼了，都成不走的理由了；事多了，人忙了，身子懒了，不想走了，遇着顺车就搭了；等等。不走就不走了吧！我呢，就是个走，走成了常态，不走反而不自在。不知不觉，一年又一年，就这样走过来了。总有人问：“最近还走吗？”或者遇见我，一脸惊讶：“走来的？”多半啧啧：“你厉害！”也有人不以为然：“又不是没车，何苦？”起先，我是喜欢解释走路好处多的，渐渐地没了解释的兴趣，谁向我竖起大拇指，我反而觉得别扭。不就是走路吗？可事实上，我知道，我走路，我已经是另类了。

每日能走在大唐的遗址上，应该说幸运之至。看着太阳升起来，看着太阳落下去；看着花的开落、草的荣枯、树叶的绿黄，真有了“天地转，光阴迫”的感觉。似乎是周而复始，其实是去而不返；似乎是走马观花，其实是人在旅途。一个人走，可以是悠闲地散步，也可以是豪迈地阔步。可以左顾右盼，领略沿途的风景人物；也可以目不斜视，想着自己的心思，或者构思自己的诗文。走着，走着，常常就走出灵感。人生在世，一些事非做不可，譬如吃喝拉撒睡。人长个嘴是吃、说来了，人长个腿就是走路来了。怪在行走如常的时候，多半的人喜欢以车代步；半身不遂的时候，百分之百的人羡慕了走路。我有个朋友，做着一个单位的领导，家住在马路的对面，上下班却要车接送，他的理由是当官就该摆谱，专车不用白不用。这位朋友退休后改骑自行车了，有同事打趣他：“你不是不会骑自行车吗？”我的朋友自嘲：“我这是锻炼身体呢！”真正的锻炼应该是走路，他却坐轮椅了，往后想走路，只有白日做梦了。

动物四蹄走，与锻炼无关。人呢？人是高级动物，走路怎么就成锻炼了呢？

日子

人到中年，忽然有了一种感觉，所谓的理想、事业、生活，都变作了日子，一日催逼着一日，忙奔着却不知事事，叹息着人活在世上，好像就为了数日子赶路。前途不再像梦，倒像电视连续剧，一集一集地在减少，结局也变得越来越清晰。就想慢步，左顾右盼，要多留意前后左右的风景。有时候，真想把脚步停下来，静坐，让自己的心不再急迫。过去，常听说人生的路很长，到底多长啊，没有想，也无须想，管他呢！现在，路在脚下，似乎可以丈量了。回首，童年并不遥远，一路走来，似梦非梦。春秋轮回，荣枯更替；花开花落，月圆月缺；云收雨散，寒来暑往。一路的所见所闻，影影乎乎，都变作了记忆的碎片。展望，春夏秋冬轮回依旧，雷电雨雪还将发生。天还要寒暑，花还要开落，月还要圆缺。就算裹足不前，日子照样我行我素。日子是有情物，要来，挡不住；日子是无情物，要去，留不住。大无奈一声叹息，大坦然听而任之。既然只能这样，那就这样了吧，让自己的灵魂跟着自己，不要离开太远。牵着灵魂赶日子，费劲啊！追着灵魂过日子，也累啊！

不赶了日子，就有了休闲的日子，就可以远离了闹市繁华，躲避了名利诱惑，暂时地“跳出三界外，不在五行中”，头顶蓝天白云，面对高山流水，耳闻鸟语啾啾，眼看蝶舞翩翩。皓月不问人间事，只向人间洒清辉。一边品茗，一边品月，别有滋味在心头了。

日子是闲者的宠物。人无贵贱贫富，拥有了清闲，就拥有了日子，就拥有了想入非非的资本，就要琢磨着这日子该如何消磨了。消磨着，感觉着，享受着。我思故我在，乐哉又悠哉。不把日子放在心上，日子倒像了一脉清溪，载花载月，自流自度。日子像风不离了树枝，像鱼不离了水潭，像蜂不离了花蕊，和合容融，不知不觉。钓鱼，那鱼就是日子；养花，那花就是日子；弹琴，那琴就是日子；下棋，那棋就是日子。饭桌上豪饮，吟的是酒，也是日子；包厢里醉唱，唱的是歌，也是日子。读书的时候，日子是翻阅的一张张纸；写作的时候，日子是耕耘的一个个字。幽会在风花雪月的日子，日子就是那风、那花、那雪、那月；漫步在曲径通幽的旅途，日子就是印在路上、留在身后的脚步。顾影自怜，日子就是那影；望洋兴叹，日子一如那浪花飞溅，转瞬即逝。

然而，拥有同样的日子，未必拥有同样的心情。日子赐多情的人以多情的回味，却给寡情的人以寡情的失意；日子赐知足的人以知足的常乐，却给贪婪的人以贪婪的失落；日子让忙里偷闲的人很容易就得到了身心一如的放松，却让无所事事的人永远也无法摆脱精神的贫困。有的人赞美着日子，在赞美中口吐莲花而诗意盈胸；有的人诅咒着日子，在诅咒里满嘴污秽而怒火中烧。日子像酒又像茶，善饮者于细斟慢品中进入了物我两忘的境界，饕餮者却只能在海吃山喝中醉生梦死。有的人虽然与富贵无缘，却过着心安理得的日子，倒也逍遥一生；有的人虽然腰缠万贯，却提心吊胆，惶惶不可终日。平淡的日子使人生少了起伏，却多了平安；红火的日子如烈火烹油，最容易惹火烧身。

人活着，就是过日子。怎样过，可以道法自然，也可以随心所欲；可以顺风扬帆，也可以逆水行舟。但无论怎样过，都逃不过宿命。日子是梦，让人有个奔头；日子是鬼，让人望而却步。日子是镜中花，水中月；日子是天边的朝霞，是雨后的彩虹。日子让青春洋溢着风情，让美丽滋生着诱惑。人年少的时候，盼春，盼夏，盼着过年，盼着恋爱婚嫁，盼着梦想成真，殊不知日子催人长，也催人老，恍惚一梦，“多情应笑我，早生华发”了。

“对酒当歌，人生几何；譬如朝露，去日苦多。”少年时候，不理解曹操，觉得他消极。有了阅历，总算嚼到了个中的味道。曹操铿锵之歌似犹在耳，曹操呢？已作古一千七百多年了。如此说来，日子还不够快吗？真道是“人生如梦，一樽还酹江月”。

美言

记得十多年前，我给某书法家写了篇序，发在某报上，受到了一位我敬爱的教授朋友的批评。教授是坦荡的，不只背后批评，当面也曾向我表示他的不以为然。我对教授说："你虽然言之有理，我却不应受到指责，因为你有你的原则，我有我的缘由。我的那位朋友处在社会的底层，书法是他实现自我价值的唯一途径。他不写字，也许他永远要在铁路线上抡着铁锤，像一个螺丝钉一样默默无闻。是写毛笔字提升了他的地位，给了他荣誉，使他一步一个台阶地由农民而工人，而干部，而成为书法家。他的字不能说是墨宝，但也不能说就不是字，就一钱不值。我说好话，一半是肯定，一半是鞭策。麦地里的刺蓟花，再丑也是花呵，不是草。麻雀不是大雁，但也不是跳蚤、蚊子，总有可道之处！再说了，我眼里的好也不过就是我眼里的好，就算是仁者见仁、智者见智吧！”教授望着窗外，窗外的山没有树，我却说：“没有树的山也是山啊！”车上的人都附和了我的话。

人呵，何尝不如此呢？拥有赏美心态，谁的身上，都有可赞美的地方。东施效颦，起码是以“效颦”为美，也算得一种爱美之心，何必要嘲笑呢？蜻蜓飞，蝴蝶也飞，各是各的活法；大雁叫，小燕子也叫，各是各的旋律。教授肯定有学问，但不能说只有教授才配有学问。两条腿走路是走，四条腿走路也是走，走得再优美，也是走，不是跑。情人眼里出西施，不是西施，胜似西施，哪怕是把东施当西施，有什么关系呢？你看着不顺眼，你转过身去，让我孤芳自赏，行不？人不穿裤子丢人现眼，马露着屁股却有美感。审美角度不同，美丑就会发生变换。比如我的那位书法家朋友，如果他写的字不是字，是鸡上架，我赞美说那是书法，是墨宝，那我就是睁着眼睛说瞎话。他写的字，比不上王羲之，但总有可圈可点之处，美言几句，天能塌下来乎？美言不是恭维，也不是拔高，不过等同鼓掌而已吧！

我是谁？我是我。做啥的？码字的。啥能耐？写文章。手无缚鸡之力，对朋友不能拔刀相助。没有钱，不能借朋友去炒股；没有权，不能为朋友谋前程。心有余，力不足，上而不可得，只有求其次，为朋友美言几句，也就费个吹灰之力吧！虽说是美言，但也并非没原则。痣长在美人脸上才叫美人痣，也只有美人病了才叫病西施。病西施再美，也不能就因此赞美病。赵飞燕美在瘦，但皮包骨头还美乎？杨玉环美在肥，但肥得大腹便便，还能再叫美？

我美言，我不随便。君子平庸，我不写；才子无德，我不写；美人无趣，我不写。写动人情处，写心灵深处，写美之所以美处。既然是美言，当然在文字上讲究，不肯苟且一个标点；既然是美言，当然要写出别样的美感来，不会似曾相识燕归来。为美而冲动，为文便一气呵成。在此，我不讳言：我写文章凭好恶。好者，写时花芬芳，美感心上生；恶者，不写就是笔下留情，纸上积德。与人为善，美言便是善护念。

颂文与美人

近者，得方英文先生赠语：“孔明写人特点：颂文无不才子，遇女尽言美人。善笔也。”此前，他曾戏封我为“美言公”。他说长安城里有两个美言公，一老一少，老的是肖云儒老，少的是我。如此相提并论，我就受之有愧了。肖老名云儒，被一些人美誉为大儒，声名显赫，我是仰望有年，不能望其项背也。这是真心话。

方先生把我写人的文章誉为“颂文”，我欣然接受。我是这样想的：“三才者，天地人。”天地颂得，人当然也颂得。古往今来，人分三六九等，颂文层出不穷，以下颂上者居多。《诗》为五经之首，分风、雅、颂，“颂”占三分之一。如果较真，“雅”多半也是颂歌。曹植《洛神赋》，堪称颂文模板，当时之所以洛阳纸贵，我猜是因为一代大才子放着乃父曹操、乃兄曹丕不颂，却颂托名为洛神的女子，民间颇觉新鲜，亦颇觉接地气吧？美文里多游记，游记多半是颂山歌水的。唐宋八大家，都有颂文存世的，“胸有成竹”就典出苏东坡的“颂文”《文与可画筼筜谷偃竹记》。他比文与可名气大，但对文与可的赞美不吝笔墨，这是他的可敬之处。在今人眼里，李白与杜甫比肩。但杜甫活着时常“颂”李白，李白却很少“颂”杜甫，因为李白名气更大呗！呵呵，这多少令后人遗憾。

颂文，关键是颂谁。居庙堂之高，则颂天上人物；处江湖之远，则颂身边友朋。我是一介书生，混迹于闹市之中，与文化圈沾了一个边儿，职于编辑，方便与人接触，就结识一些我眼里的人物。物以类聚，人以群分，渐渐地我也就有了自己的朋友圈。所荣幸者，不被一些真才实学者厌弃，与他们交厚，恰应了一句古语：“与善人居，如入芝兰之室，久而不闻其香。”我亲近“善人”（善之善者也，而非今之所谓善人），总觉他们的某些方面在我之上，啧啧不已而模范之，情不自禁而歌之、颂之，敬之、爱之，亲之、近之。感由心生，情由感发，付诸文字，便是“颂文”了嘛。

我到西安工作已三十多年，朋友簿里年年都有新人添加。我喜新，但更爱旧，历经岁月筛选的朋友弥足珍贵，我愿意把他们供奉在我灵魂的神龛上，用他们之长弥补我自己之短。一些朋友经过打拼，拥有了自己的一片天地，我愿意祝福他们，以他们的成就鼓舞仍在打拼者；一些朋友饱有才学，却英名埋没，我不能视而不见、无动于衷呀，替他们说些好话，未必是雪中送炭，总算是一点温暖；一些朋友仍在爬坡，爬得何其艰难，他们既然与我同行，或者在同一条道上相遇，我不能袖手旁观，顺手、搭手给他们一点推力，哪怕微不足道，总算是尽了为友之道吧！就我禀性而言，我不愿仰视，免得脖子疼，还讨人嫌；我喜欢平视，时常就发现一些后起之秀，他们的天分、才华使我由不得亲近，不赞美他们也就由不得我自己。比较而言，我更爱后者。俗话说："后来者居上。"这是肯定的。但要他们"居上"，总得有人愿意给他们端梯子。我没有梯子，我有肩膀，我愿意他们把我的肩膀当成上马的镫子。

人分男女，朋友中就有男女。方兄说我"颂文无不才子，遇女尽言美人"，诚哉斯言！于此，我不妨坦言：是才子，更容易让我产生写"颂文"的冲动；是美人，更容易使我明心见性，拈花微笑。如果说才子是人中精华，那么美人就是人中精灵，敬爱他（她）们是我的福分。感激是肯定的，但我还要感恩。古人云："滴水之恩，泉涌相报。"才子使我心灵受洗，美人使我心灵欢喜，这不是"滴水之恩"可比的，但也不是"泉涌"能够"相报"的。我手无缚鸡之力，无权无势，能给朋友什么帮助呢？平生只拥有一技之长，那就是把方块汉字码成所谓文章。是否美文，我不敢自诩，谓之心灵鸡汤，总还说得过去吧？是鸡汤总会有点营养，虽不大补，但小补也是“补”哇！

我眼里的才子、美人是否真就是才子、美人呢？苏东坡诗云：“横看成岭侧成峰，远近高低各不同。不识庐山真面目，只缘身在此山中。”故此，不以为然者我只尊重，但不商榷。中国每天都在制造“明星”，他们都是“星”、真是“星”吗？人人都有个心空，权当我给自己心空放了几颗“卫星”吧！

我说过：“朋友是桥。”我再说明白点：“我就是朋友的桥。”

难得糊涂

只要有人在我面前说“难得糊涂”,我就忍不住想笑。“糊涂”是啥宝贝，还“难得”？说此话者十之八九鹦鹉学舌，未必明白个中深意、真意、本意，更未必觉悟其出处才是值得玩味处。以郑板桥的“大智若愚”，何出此言呢？恐怕说来话长。孔子说五十而知天命，郑板桥是五十后步入仕途，官至县令，政声赫然，政绩卓然，百姓欣然，却十年间原地踏步。六十一岁时，因为潍县岁饥，他为民“请赈”，忤逆封疆大吏，不得不乞病归里。自题“难得糊涂”时，他已五十九岁，接近耳顺了。官场摸爬滚打，宦海波诡云谲，身为七品芝麻官，他焉能无动于衷？显规则，潜规则，官场各种游戏规则，他应该洞若观火。故而，如果他说“难得明白”或者令人不难明白，说“难得糊涂”却不知令多少人越发糊涂！但凡有心人就不能不暗自寻思：郑板桥自题“难得糊涂”，是直抒胸臆，还是偶有所感？是警示自己，还是启迪后人？是另有所指，还是标新立异？“糊涂”的前提应该先得“明白”，然后才或者若有所悟，然后才有资格做出“糊涂”姿态而不被人真当作“糊涂虫”看待。这样的“糊涂”，当然“难得”了。就以郑板桥为例：身为官场中人，一些事肯定他不屑于去做，因为他有文人的傲骨；一些事或许他不忍去做，因为他有做人的底线；一些事他可能反对去做，因为他有孔孟之道的坚守。洁身自好的结果常常孤立无援，我行我素的结果多半不会是好果、甜果、累累硕果，而是苦果、酸果，甚至毒果。他的孤立、孤独、孤守是可以想象的；他的失望、无望、绝望是不言而喻的。不被上司待见，仕途必然黯淡；不被同僚接纳，仕途必然不妙；不被下属理解，仕途必然寂寞。当他“难得糊涂”的时候，其实为时已晚，恐怕只有急流勇退一途了。

“难得糊涂”对后世影响巨大，应该是因为郑板桥名气太大。官在仕途，未必人人认同“难得糊涂”，也未必时时、处处都把“难得糊涂”贴在脑门子上。一个官员的办公室墙壁上如果悬挂“难得糊涂”条幅了，恐怕是仕途红灯高亮、进步无望，甚至不得不走下坡路了，至少是心灰意冷、不思进取了。毛泽东说过，世界上没有无缘无故的爱。官员爱上“难得糊涂”了，应该是与郑板桥“心有灵犀一点通”了。是否真通，姑且不论，但不能不有此一问：意义呢？恐怕五味杂陈，一言难尽。当今官场中人，能与郑板桥比肩者有几？有谁？郑板桥乃是文人出身，不按官场潜规则出牌是性情使然，未必有多高深的所指，也未必有多玄妙的哲理，不过是兴之所至，以笔墨抒发一点感想、感慨、感触而已，至于应有之义或者弦外之音，只有见仁见智了。如今的官场生态大异清代，更大异既往，体制掣肘，怪象百出，“难得明白”是有可能的，“难得糊涂”则几近于矫情了。一个官员若真“难得糊涂”了，何必以“难得糊涂”条幅自况、自矜、自许呢？有一句戏词说得好：“当官不为民做主，不如回家卖红薯。”真糊涂，假糊涂，都是占着茅坑不拉屎，对老百姓来说，要这样的官何用？

作为官场格言，“难得糊涂”早已穿越庙堂高墙而转为走街串巷一般的叫卖吆喝了。那些把“难得糊涂”吊在嘴上的人多半不以“糊涂”自居，而以“聪明”自诩，顶多把“难得糊涂”理解为“装糊涂”而已。人在江湖，人心险恶，糊涂是可以装的，而且是蛮管用的。但“装糊涂”容易，说“难得糊涂”还真“难得”呢！试想，心里明得跟镜子似的，却要以浑然无知的面孔行走人世，那是怎样的一种别扭、无奈、折磨？时下自作聪明的人居多，装糊涂的人更多，而真糊涂的人也不会更少。一些话虽然反能说，正也能说，但说归说，谁最后埋单呢？大家都“难得糊涂”，等于都“装糊涂”，那结果呢？真糊涂蛋当道，假糊涂人遭殃，不是吗？譬如吧，一些落马的贪官看上去精明得像猴子，实际上糊涂得像臭虫！对党纪国法视而不见，或者视同儿戏，“此地无银三百两，隔壁阿二不曾偷”，与掩耳盗铃何其相似乃尔。此辈之所以官运亨通，多半也是“物以类聚”，苍蝇爱蚊子而已。糊涂僧办葫芦案，官官相护，糊涂蛋当然大行其道了。此辈之所以有恃无恐，也是因为国民都自作聪明而“难得糊涂”了。

“难得糊涂”，小焉者是明哲保身，大焉者是人格堕落。不担当，不负责，各顾各，各人自扫门前雪，不管他人瓦上霜。都睁一只眼，闭一只眼，老鼠过街当然大摇大摆了。大水冲了龙王庙，只要不淹自留地，多半人暗自庆幸。实际上呢？一言以蔽之：“难得糊涂”就是犯迷糊，就是大糊涂。一个人、两个人可，大家都群起而效尤呢？

名位

人到世上是奔名位而来的。人还在娘腹中自在混沌时，名字已在父母脑海里酝酿开了。有的人生子要望成龙，生女要盼成凤，于起名上便不含糊，提着重金厚礼恳求名人、高人、贵人、老人金口赐名。有的人刚生下来起名不讲究，石头、黑蛋随便叫，说是越贱越好养；等上学了，又讲究起来，生怕名字不好，误了远大前程。还有人一生，只要倒霉，就归因于名字，仿佛不走红运，不发横财，不梦想成真，都是名字惹的祸。老子说：“名可名，非常名。”虽然“非常名”，但总得有个名。做了高人，隐姓埋名，先要有名有姓；鸟走留声，人走留名，声在鸟嘴里噙着，名在人身上背着。民间常有人叫阿猫阿狗。自己不起名，由人叫去，可不就叫成了阿猫阿狗了？

名是连着位的。过去娃多，一生下来就有了老大、老二之分。这就是名分。老大管老二，这就是名位。姊妹兄弟堆里，谁做老大，由娘的肚子决定，谁也无话可说。但一旦离开了娘的肚子，就太有话可说了。谁美谁丑，谁灵谁笨，谁乖谁调皮，谁最讨人喜欢，就有了说头。说头定名分，名分定名位。即使双胞胎，一前一后生下来，在前的为兄为姊，在后的为弟为妹，名分也就这样定了。即使独生子，长在左邻右舍，有的被高看，有的被歧视；有的受表扬，有的受批评。此中区别，反映的也是名位观念。王朔有句名言："爱你没商量。"实际上，不爱你更没商量。爱和不爱，对名位影响大焉！

人渐渐长大，渐渐地有了名分，渐渐地被归入了不同的名位。不知不觉，却无可奈何。人分三六九等，前后左右不同。上学由低年级而高年级，名字永远出现在按学习成绩排列的名次里。这名次不能等闲视之，许多人一生名位就如此这般被排定了。步入社会，等于步入了名位社会，想躲都躲不了。人是有职业的，不是所有的职业都受人尊敬；人是有资历的，资历深和资历浅不能同年而语；人是有岗位的，岗位与岗位有天壤之别。当兵有军衔，军衔有等级；当官有职务，职务有高低。人的一生中，名位不固定，忽前忽后，忽上忽下，忽高忽低，随时随地发生着位移。有人位高了，声名跟着显赫了；有人名气大了，地位也就跟着升高了。有人开会总坐主席台，有人一辈子都只有坐台下听报告的份儿。有人身在台下，心在台上；有人今天在台下，明天可能在台上了；上台容易，下台就难，所谓能上不能下是也。坐在台下的，总要盯着台上的，欣赏着台上的名次变化。有的人是有名无位的，比如作家，名气再大，也坐不到主席台的中间去；有的人是有位无名的，比如科长、副科长，官位再小也是官，有比没有好。至于芸芸众生，无名无位，要出名，只有靠做好人好事了。“鸟走留声，人走留名。”做一辈子好人好事，顶多也就背个好人的名儿。

自古以来，人多争名夺利，可见名位之后，是跟着利的。小焉者比如单位评先进，先进是有奖金的；大焉者比如国家评劳模，劳模不但有奖金，还有美誉呢！名是无形资产，可直接产生经济效益，比如名人做广告、卖字画；位是有形资产，拥有位，则等于拥有了绩优股。名能捞政治资本，给自己脸上贴金；位能捞现成的实惠，捞多了还可以兑换名声。名利双收，对多数人来说，是求之不得的。

可怜的还是读书人。读圣贤书，所学何用？孔圣人有名言：“学而优则仕。”名说是为国为民，实际上呢？文人所谓怀才不遇，说白了就是仕途上未能称心如意。一些人埋头桌案，呕心沥血，其精神可嘉，其目的呢？恐怕离不开名位两个字。指望着“不鸣则已，一名则惊人”，到头来呢？自古以来，如愿以偿的寥寥无几，穷困潦倒的多不胜举。即使沽些名，钓些誉，又能如何？

小名小利，不足道也！

人为名累，但除非累死，少见有真正不要名的；利令智昏，但除非锒铛入狱，少见有真正幡然悔悟的。名与位相辅相成，所以巨贪多是位高权重者，其贪名也是常人望尘莫及的。

时间

但凡过来人久别重逢，总感叹：时间过得太快了。不久前登录朋友网，一个久违了的姓名激活了我的记忆，依附姓名的是一个小女孩，模样似曾相识，便按图索骥，竟然是我昔年的发小！她长我三岁，却是同一年考上大学的。1985年夏，我们走上了各自的工作岗位，我去访问她，她所在的工厂分配了她一居室，崭新的四壁白灰墙，乌亮的水泥地，加上一床一桌一椅，还有一个矮木凳子，羡慕得我只恨不能娶她为妻。那一年我二十一岁，她也才二十四岁，虽然姐弟相称，但不能说一点儿暧昧的意思也没有。那是个蠢蠢欲动兼想入非非的年龄，却也是一个志向豪华兼随遇而安的年龄。各自起跑线不同，人生之路很少有交叉口，所以二十九年竟然没有互通有无。二十九年里，同居一个都市，怎么就不相往来了呢？自问一闪念，茫然也释然。找到了她的联系方式，她说已经退休三年了，那个朋友网里的小女孩头像是她孙女的，也就是说她当奶奶了。求她的近照，她发来了一张，半头华发，我死活不相信是她。我问："咋不焗油呢？"她答："你不是说要道法自然吗？"对她，我的记忆一直定格在二十九年前的那个夏天，一身流行的乔其纱短袖衫裙，上红下白，露瘦透逗，一瞥便眼热，二瞥便心跳加快，三瞥……我是尽量回避她的青春如火的诱惑，坚持把"姐"吊到嘴上，以阻遏自己的心神摇摆。对比是如此强烈，二十九年的改变真令人目瞪口呆。我也给她发了一张近照，她恭维我："没变，还是那样年轻！"还是……哈哈，谁信呢？没变的是记忆，改变的是岁月。我终于觉悟了孔子的话："逝者如斯夫，不舍昼夜。"对我们来说，至少二十九年是去了，二十九年前的时间更是去了。

时间去了哪里？我本不想追问，却又忍不住追问。一个人从呱呱坠地那一刻起，时间就开始了来去。吃了睡，睡了吃，嗷嗷待哺，蹒跚学步，牙牙学语，懵懂中享受母爱，启蒙中感受友爱，觉悟中接受大爱。一岁岁成长，等于一岁岁光阴的悄然逝去。只顾着展望未来，向往着锦绣前程，多梦所以梦想成真，谁会停下脚步，留意时间的去处？在少年人的心里，时间是空气，呼吸着不知不觉。记得初中时老师让背诵朱自清的散文《匆匆》，即使倒背如流，我也得坦承自己并没有真正读懂。上高中时热爱了唐诗宋词，但很不理解诗人、词人的那种“伤逝”，譬如辛弃疾的“匆匆春又归去”，凄美，却不可思议。等我自己步入了人生的中年，不经意间对“匆匆”感同身受了。譬如我与我的那位发小，二十九年的时间成为既往，我自己才回过神来，感喟“匆匆”而不由自主了。朱自清、辛弃疾的“匆匆”，何曾不是古往今来每个人的“匆匆”呢？大学毕业时，一位同学给我留言：“人难过百岁，何必不风流?！”那时候“恰同学少年，风华正茂”，百岁算什么？人生的意义不是用年龄可以丈量的，这是无数仁人志士的人生启示。如今“百岁”的一半度过了，再去回味那句话，再也不能无动于衷了，却再也不能豪气冲天了。

诗仙李白说:“弃我去者，昨日之日不可留。”只能让去吧！可来日呢？今日呢？来日必定会来，今日必定会去。譬如今日吧，我是铁定了心要读一日圣贤书的。对我来说，读书无关乎意义，就是个爱，就是有读的那种冲动和读中的那种享受。为了今日，我昨日拒绝了一次笔会与赏花的雅聚，推掉了一个朋友的热心饭局，还放弃了原定的登山约定。早上起来，阳光明媚，坐在书房里，一边品茶，一边读古，心的惬意不言而喻。忽然手机发来信息，一位大学同学路过西安，希望聚一下。屈指算来，我们有二十多年不见面了，我没有理由拒绝，心里也不愿意拒绝，所以欣然前往，只是今日的读书时间不得不放弃了。

人算不如天算，我们人都被天算了。孔子说，五十知天命。这个“知”，就是对“天算”的幡然醒悟。生于计划生育时代的人，其“生”也，与其说是父母的选择，毋宁说是天的安排，偶然性大于必然性。生而为人，士农工商，贫富贵贱，曲直顺逆，五十岁前天知道，五十岁后人知道。天知道，人不知道，奈何？人知道，已是明日黄花，奈何？时间如空气，不知不觉，却是平等分配，只是如何支配，因人而异。多半的人太不把自己的时间当时间了，所以也忽视他人时间的宝贵。譬如出版社编辑部，时间对每个编辑来说就是工资，但对每个作者来说却是名利。一些作者带着自己的大作，走进编辑部理直气壮，好像编辑“拜读”自己一百万字的书稿是天经地义，殊不知一百万字对编辑来说即便不是文字垃圾，也要付出昂贵的时间成本。所谓皓首穷经，实际上就是时间和生命被透支。我常获赠各个层次文友的各种大作，多半有“厚望”焉。说心里话，多半我是却之不恭，受之有愧。文友多自爱兼自负，一般不把别人放在眼里，对自己却敝帚自珍。理直气壮求评，求的还多半是溢美之词，至少是区区在下不胜其扰、其烦、其累。就算我的时间不是时间，也不能说“有求”就“必应”吧？咱毕竟不是佛。人到中年后，是深感时间之宝贵与急迫了。一日二十四小时，工作八小时，加之上下班，十个小时的时间成本是省不了的，真要省的话，只有吃喝拉撒睡了，可吃喝拉撒睡，如何能挤兑呢？时间再挤也是挤，能挤多少呢？何况如此挤兑时间，常常等于挤兑生命，得不偿失显而易见。我有时间，读我想读的书籍，写我想写的文字，多陶醉呀，为什么挤兑给你？我有时间，见一见想见的知己，叙一叙想叙的挚情，多畅美呀，为什么挤兑给你？我有时间，听一听古典的音乐，游一游清秀的山水，为什么挤兑给你？很少有人扪心自问：自己的时间不值钱，别人的时间也不值钱吗？自己的时间很值钱，别人的时间就可以随意支配吗？

对多数人来说，时间都去了这里：竭泽而渔的人，一生陶醉于“竭泽”；缘木求鱼的人，一生痴迷于“缘木”；作茧自缚的人，一生都在辛苦“作茧”。抱负大到老虎吃天，一生能否如愿以偿只能问天；理想等同了梦想，一生梦寐以求，到死都可能在梦呓之中。磨洋工的人磨的是时间，也是生命；当一天和尚撞一天钟，时间与那钟声有什么不同呢？茶聊，品的是茶，聊的是天，消费的是钱，更是时间。游山玩水，为游而游，玩中取乐，都需要时间。等人，等车，等地铁、公交、出租，逛街，逛庙，逛公园、广场、超市；围观街头碰瓷、群殴，围看地摊象棋残局；与商贩讨价还价，与熟人寒暄扯淡；串门传播是非，上网转发谣言……不论做啥，时间都会悄然溜走。即使一些有意义的活动，未必真有意义。譬如这会那会，除了浪费时间，到底意义何在？在一些人眼里，时间是电，不用白不用呀。有人说时间就是金钱，可金钱存进银行生利息，时间却只能存进大脑里，记忆好的还记得一鳞半爪，记忆差的真个一风吹了。

岳飞词曰：“莫等闲、白了少年头，空悲切！”唉！多少人到老不“空悲切”呢？

走夏呓语

年年过夏，今夏感觉有点不一样。为啥？老子说：“道可道，非常道。”虽然如此，我还是想道个一二。借戏中人一句口头禅：“且听我道来！”

入夏以后，每日早上六点起床，急忙吃饭，匆匆下楼。我喜欢走路上班。走在路上，我就有了人在旅途感，兼有人生如梦感。这俩“感”合成一个“赶”：赶路。九点上班，两个多小时的路，不管怎样走，都少不了“赶”。夏日的好，首先表现在早上、路上、树上、过往行人的身上，还有左顾右盼的花花草草、郁郁葱葱上。譬如某日大晴，万里无云万里天，朝阳冉冉而升、而燃，真像了火焰，那火光洒下来，洒膀子上，膀子就烫。就喜欢了林荫道，走携一路风，爽！眼看一路景，爽！耳听一路鸟，爽！长裙子，短裙子，T恤短裤，都是景啊！晨舞的妇人们偏穿红绸裤子、白衣绸衫，像火炬在倒着舞，更是景呀！树叶子都是绿的，花在树叶子里就格外引人注目。时而走快，移动的风景是挡不住的诱惑;时而走慢,原地不动的风景让人依依不舍。不想快，不能不快，因为时不我待，这也算人生的无奈。

我喜欢绕行，美妙的感觉尽在曲径通幽。过桥，桥下是流水，水里倒映着蓝天白云和绿树，还有桥上那个天天倒立劈腿的武女，看装束十七八岁，看脸可能要把十七八倒过来。青春是在她身上倒流着，那马步站桩之功足可为证。我喜欢沿河走，河不很清澈，却长满了芦苇、蒲草。河两岸是起伏的草地，草茂的时候透着性感。扎堆的打碗花抱团簇生，在朝阳下熠熠生辉，就像天上洒落的星斗。河边摆放了石头，有一个女子天天清早在石上危危高坐，并拢的腿上放着一本书，书上面是一对纤纤玉指，捧着一个新款苹果手机，时而手在敲击屏幕，时而嘴对着手机，时而手机又贴近耳朵。衣服很摩登，一周之内款式颜色不重复。是她在消磨时光，还是时光在消磨她，恐怕只有天知道。天天行注目礼，祝福她吧！走到路上时，多半要遇见一对大狗和一个小妇人。狗是一黑一白,争着向女主人摇尾巴。可能女主人跟着狗，也可能狗跟着女主人。但愿她和它们都是幸福的。

夏日雨后的早晨，倘若多些云或者多些朝气，我喜欢绕得再远些，穿越牡丹园。园里只有牡丹绿枝，却一地的野草、野花，枯死的牡丹被挖走，又补栽了月季。绿草丛中，月季花或红或紫或白，都很醒目。妇女很多，不为赏花，而为剜菜。草地里寄生了马齿苋，也就是蚂蚱菜。满园子里的睡裙、睡衣、睡裤，薄、透、短、露，有的“开放”到足令过往游人忍不住回头，又不好意思。她们可能把公园当成家里后花园了。雨后地面潮湿，菜鲜嫩。过两天，由于踩踏，草地板结，园丁们就扛了锄头，边锄草，边松土。本来花圃有绳子隔挡着，但挡不住腿的跨越，园丁也喊叫，没有用的时候多，就视而不见了，这样，园丁们反而有干不完的活儿了。有俩女园丁，一身摩登装束，屁股后有俩兜，一个装手机，一个装对讲机。手脚倒殷勤，背影也好，挺苗条的，这可能就是劳动的好。劳动，不就是跳舞吗？草地里富氧，还养眼，总比广场聒噪声响里张牙舞爪要好吧。

太液池的西北角是荷塘，入夏后荷花开放渐多，常有人在边上徘徊散步，或者照相。我喜欢沿了荷塘快走，水面的风送来荷香，头顶上垂柳投放了阴凉，妙极了。这样走，容易走神，不知不觉就走进渐行渐远的梦里了。梦已被岁月剪辑，被心灵珍藏。梦中人时常就走近，眼里的花花绿绿都退隐了，我的心突然舒展了，眼也突然润湿了。这样走，这样想，真好。想，这时候真是享受呢！诗词歌赋文被激活，围绕着那个想呼之欲出，不能压抑。“问世间情为何物？”古人问，今人也问。我问我，我答之：情是良心。爱过，被爱过，纯粹，所以很美！人生可遇不可求，遇了，还不知足么？譬如风景，美是真的，美却不能带走，所以心灵的拥有，才是真正的拥有。作茧自缚，破茧才可能羽化为蝶。心有一池春水，水生莲花，就让爱依附莲吧。心有一个秋天，秋之美系于收获，更系于收藏。心有一脉清流，既然不能挽留，那就截流，把一段清澈注入自己的心田，滋养爱，也滋长爱。这爱是如莲的喜悦，养莲就是养心，养心就是养年。不求所有人理解，有一个人理解，足矣！

有道是春去也，夏正好。每日不留神就走出了公园，也走出了梦境。街上是人流、车流，那就随大流。不孤立，才独立；不保守，才坚守。我但愿夏日延长，不惧酷暑热浪，心境大好比什么都好。

荷之美

盛夏，正是荷花盛开的季节。浏览博客，常有荷花的照片扑眼而来，忍不住要轻点鼠标，细细观赏；散步水边，也是常与荷不期而遇，看半天舍不得移步。我忽发呆想：荷美，荷为何这样美?

周敦颐赞美荷："出淤泥而不染。"只这一句，千百年来，众口啧啧，可谁曾想过，如果水底下是水泥，而非淤泥，荷花会怎样呢？没有淤泥，荷花首先不能亭亭玉立；没有淤泥，荷花之藕将无处深藏其清白；没有淤泥，荷花之美无从谈起。水至清则无鱼，水至清也无荷。一些人喜以荷自比、自诩、自美，姑且不去臧否，但不能无视一个事实：只要是人，就必须吃喝拉撒睡，不食人间烟火的是神，只能泥塑而供奉，不能握手而言欢，更不能谈情说爱。荷美，美在水之滋养，也美在淤泥之营养。

荷之美，是孤美，是大美，是完美，是造化之美与生俱来。不是么？荷叶、荷花，荷包、荷蓬，荷茎、荷藕，甚至春之荷芽、秋之荷残，各是各的姿态，各有各的韵致，丰美炎夏，凄美仲秋，无不动人心弦。“小荷才露尖尖角，早有蜻蜓立上头。”蜻蜓是天地造化的小精灵，知美，解美，爱美，所以抢先赏美。初夏之荷，乍露碧波，叶欲展而未展，而半展，不正是欲掩还羞的少女之美么？伏热渐至，荷满莲塘，荷叶田田而舒展，荷包满满而待绽，荷茎直直而挺立，荷之高洁、高雅、高傲，荷之丰韵、清韵、美韵，淋漓尽致而令人不能不叹为观止。远眺，一望的旖旎风光，何等养眼！近观，一眼的曼妙多姿，又何其养心！人在观荷时，精神常恍惚，何故？荷在人间，荷非凡品，所以才有了荷花仙子之喻也！人间百花媲美，唯荷有孤芳自赏的资格和资本。

荷可以傲立，却不能独立、孤立。红花需要绿叶扶持，荷花更不例外。不一样的季节，荷会展现不一样的姿态；不一样的地方，荷会营造不一样的气场；不一样的心境，荷会给人不一样的感受。初夏的荷，生机勃勃而使人浮想联翩；盛夏的荷，美不胜收而让人流连忘返；秋后的荷，即使风吹雨打依旧不减美感。荷生盆池之中，譬如鸟在笼中，鸟语悦耳，却只悦一人之耳；荷生大泽之中，譬如白云长空，别有天地，便别有怀抱。少年时代出游，常有女友在侧，游荷塘而眼中无荷，却喜形于色，色不在荷上，色在脸上。记得有一年盛夏，与一女友分手在莲湖边的柳荫之下，一湖的莲花，一眼的泪花，视而不见花的艳美，闻而不觉花的幽香。今夏，几度与荷邂逅，郁闷荡然，愁绪释然，心境豁然，羡慕了蜻蜓翼然飞吻，陶醉了蜂蝶翩然歌舞，恍惚回到了少年！散步终南，于幽谷之涧，见石围一摊清澈，水溶一片蓝天，点缀睡莲一簇，掩映嫣红数朵，美呀！背过脸去，下山。美属于这儿，就搁这儿，心灵的拥有长久。某一个黄昏，与数友走田野，不知不觉走近了水，也走近了莲。日落月出倒映水中，与莲白莲红浑然一体，这就是画了。天作画，人陶醉。

荷之所以是荷，不论生在哪里，都会吸引人的眼球。如果不是荷，最好别生荷的梦想，这是荷之美赐予我的感想。

秋感

人是扳着指头过日子的，就算人瑞，能活一百年，过一天其实也是少一天。社会上流行一种说法：“明天更美好！”那要看明天是个啥日子。天寒地冻的，忽然明天立春，那当然美好；正埋怨炎日暑热，忽然明天立秋，那感觉是否美好，就很难说了，起码会因人而异吧。人怪得很，一年四季，唯独秋天逼近了，人忽然就有感觉了。就算心理作用吧，反正是秋到心上了，愁也就悄悄无中生有了。那愁即便淡淡的，也是一种秋感吧？

人一旦有了秋感，看啥都带上秋的色彩了。特别是真立秋了，看啥都是秋了。太阳还是那个太阳，依旧火辣辣地热烫，人爱说：“这哪儿像秋日呀！”言外之意，秋日比不得春日，起码也如春日才好。所以吧，有一句话就吊在一些人的嘴上：“天凉好个秋！”

秋天不凉反而热，那就是秋老虎。白日秋热，就盼天黑，因为俗话说:“早上立了秋，晚上凉飕飕。”那晚上也叫秋晚，亦即秋夜。看呀，天上明晃晃悬一轮满月，那是秋月！古人云:“秋月如镜，佳人喜其玩赏，盗贼恨其光辉。”喜也罢，恨也罢，秋月都透着一个字：美！但一个秋字，那月光里还是带了丝丝凉意。不论白天黑夜，迎面吹来一股风，夏日叫清风徐徐，立秋后叫秋风瑟瑟。“天高云淡，望断南飞雁。”云是秋云，雁是秋雁，雁过留声，留的也是秋声。见风就是雨，雨也成秋雨了；风吹黄叶落，落的是秋叶。一叶知秋，更知春夏，一年如梦如幻。恍若隔世，几个转身，几个喷嚏，春梦成秋梦了。于是树也叫秋树，林也叫秋林，一树的黄叶，一山的红叶，也都叫秋叶，染尽层林就是秋色，不是春色，胜似春色，那起码是美色吧？秋色妆景，再美也是秋景；秋色映水，这水也是秋水。桂花飘香，飘的是秋香;荷花凄美，凄的是秋美。秋荷如禅，凄美才令人回味;秋荷如画，凄美才吸引画家流连忘返。秋，就是万物的宿命呗!

草依旧还在生长，那长的是秋草；蛐依旧还在歌唱，那唱的是秋曲。蝉是盛夏就叫的，入秋叫得更欢了，结果把自己叫成秋蝉了。人一听秋蝉，就有宋词人柳永的《雨霖铃》在耳畔回响：“寒蝉凄切，对长亭晚，骤雨初歇……”那悲秋的情怀不知不觉间便拥有了。蚂蚱还在活蹦乱跳，人却说：“秋后的蚂蚱——蹦跶不了几天了！”话是难听了，却点透秋意了。李白诗云：“八月蝴蝶黄，双飞西园草。感此伤妾心，坐愁红颜老。”又是一幅凄凉画呀，人在此画中，能无动于衷么？自古而今，人多悲秋，真是难怪了。那悲秋的，多半是壮志未酬或难酬者，譬如大诗人杜甫：“万里悲秋常作客，百年多病独登台。”唉，诗圣秋恓惶，让人不能不发千古之秋叹！人到中年了，鬓角有了银丝，鬓角被唤作秋鬓，银丝也被唤作秋丝，中年等同“秋年”了，所谓“烈士暮年，壮心不已”，多半也等同豪言壮语了。秋，在心上永驻了，那“愁”真就挥之不去了。李清照词曰：“才下心头，却上眉头”；李太白云：“抽刀断水水更流，举杯消愁愁更愁。”都是秋年，一个长相思，一个怀才不遇，只有悲秋一途了！

我也人到中年了，逢秋爱发秋思，偶尔还发秋吟。我坦白，我喜欢刘禹锡的《秋词》：“自古逢秋悲寂寥，我言秋日胜春朝。晴空一鹤排云上，便引诗情到碧霄。”想一想，言之有理嘛！春夏秋冬，四季轮回；顺时而乐，悲从何来？秋高气爽，登高望远，那一眼辽阔，不令人心驰神往、心旷神怡吗？举目原野，秋收在望，那扑眼而来的庄稼，不令人喜形于色、喜上眉梢吗？农人心上秋，也是一个“愁”，但此“愁”与“秋”无关，而与“收”有关。秋色迷人也熬人，秋收意味着秋忙，秋收了还要秋藏，秋藏了还要秋播。一年到头，农人就指望这秋收过冬、过年呢！家有秋粮，就算秋尽了，还秋愁个甚呢？天天高卧，把秋梦延长，延长……

雪思

羊年春节，我只思一个字：雪！“昔我往矣，杨柳依依；今我来思，雨雪霏霏。”就是那个“思”，也是那个“雪”。

唰唰，像天撒盐；纷飞，像鹅毛舞。落一地白，万物皆银装素裹。那就是雪！一路雪妨碍行走，就要被扫了。雪本身就像扫帚，下雪就像扫地，眨眼工夫，角角落落白了，也干净无尘了。我的故乡在横岭。“云横秦岭家何在，雪拥蓝关马不前。”就是那个横，也是那个岭。童年的白雪皑皑、雪花纷飞至今刻骨铭心，许多情景如幻灯般在脑海里常年反复播放，令我回味不已，咏叹不已。譬如小时候——刚有了记忆吧，忽一日早晨，一觉醒来，窗外白亮，掀开帘子，刺眼一色白：窗台上、院墙上、房檐上，整个后院里，都是雪呀！立即净（光）身子穿棉袄都不怕冰了，一骨碌滚下炕都不怕冷了，提着裤子往大门外扑奔。风雪从两扇门的缝隙飘进来，凌厉凛冽，却阻止不了我开门的冲动。门开，雪涌如蜂拥，劈头盖脸而来，额头脸蛋都有了被蜇的感觉。却惊呼：哇！真大啊！大得满眼都是白花花、白皑皑。低头，定睛，地面真厚啊，厚得不见了纵横的沟渠坑洼。雪覆盖了门槛，抹平了房阶。一脚踩下去，脚即被雪埋。兴奋控制了手脚，回屋，从门背后捞起一把锨，顶住风雪冲出门外。左邻右舍的大小孩子也都不约而出。雪太厚了，扫不动，只能铲，或者推——用推子推。不大工夫，各家门前都有了一块空地可以行走。雪像一道堤坝垒积，孩子们立即有了各自的灵感和杰作，雪人、雪羊、雪狗等，显摆了各个姿态，任由过往人等评点指说，倘赞语被耳朵逮住了，那荣誉就在脸上了，往后要被自吹自擂好多天："我堆的雪人可像了！"

童年故乡的雪几乎经冬不化的。一场雪后，天蓝得出奇，风冷得出奇，太阳却也温暖得出奇。后晌，扫过的场面、路面很快就露出了湿地，又渐渐地干白（不是雪白）了。房檐滴水，并结了一溜儿的冰棍儿；水滴地面，又是一溜儿水窝。人就勾一道渠，引水流低，流经阴地（太阳照耀不到的地方），结一层薄冰。人走路都撵阳光，也挑路的干白。村里人喜欢聚集在了向阳的山墙外边，一边晒暖暖，一边看雪景。很多人眼醉了，心也醉了。视野之内，一尊尊雕塑，一幅幅图画，妙手如何刻得？妙笔如何描得？起伏的梁上、凹凸的沟里像土耳其浴场，人体横陈或斜或躺，把“美中之至美”发挥得淋漓尽致。我相信，真正的美术家身临其境，一定会被震撼的，灵魂也一定会因为激动而放飞。天，这还是人间吗？

眼看着场上的积雪消薄了，向阳坡地上裸露泥土了，新的一场雪又铺天盖地而来，横岭又扮白如新了。有心人走过田野，能分别出两场雪的层次与颜色。记得有一次正飘雪花，路已落白，俩农妇一边走一边对话，我就逮住了一句：“天下面呢！”我当时自作聪明，觉得面是形容雪白，暗叹农妇的机智幽默，过后忽然回过神，更回过味儿了：哈，这等于说“瑞雪兆丰年”嘛！“天下面呢！”还有比这句更美的诗吗？我就喜欢了“下面”，想象着一地的白雪真变成了一地的麦面，抟一个雪球等于抟一个馒头。妙在一个冬天总能下几场“面”，农人的心里当然都美滋滋的。春来了，雪化了，风摆杨柳了，麦地“起身”了，麦浪滚滚了，麦穗扬花了，绿浪一变而为金浪了，丰收不在眼窝而在镰刀之下了，这都是瑞雪所赐呀！

少年之梦曾经是挣脱农门，当年我如愿以偿了。三十年河东，三十年河西。我是该谢天谢地呢，还是该悔不当初呢？怅然若失是免不了的，但童年回不去了，童年的故乡回不去了，童年的“北风那个吹，雪花那个飘”也只能去梦里吟唱了。或许我的梦就是童年那雪。

年来了

唐大明宫遗址公园里，几位老者坐在路边的石凳上，沐浴着冬日的阳光，倒也悠闲自得。其中一人留着背头，稀发如雪，扶杖而立，却一声叹息："年来了！"其余人皆唏嘘，有的还屈指盘算起来。又其中一人说："腊五刚过，腊八一来，这年就看着、看着近了！"众皆点头。又其中一人叹道："唉，你说活人咋这快的？我老是梦见自己放羊呢，那可是六十年前的事！"

我恰好经过他们身边，闻言一惊，竟放缓了脚步。我这是散步呢，还是赶路呢？这一年对我来说，也是"匆匆，太匆匆"。年刚过，上班了。事情都在年前攒着，真个"躲得了初一，躲不过十五"，况且背后还有人催逼。想到的、没想到的，从天而降的、不期而遇的，事稠矣，都排队等候呢！饭要亲自吃，觉要亲自睡，一些事即使有轻重缓急，也非得亲自做。事情或许看人的眉高眼低，时间待人却一视同仁，谁也不多得一分，不少得一秒。日出日落，不等人的。就算当一天和尚撞一天钟，也得撞吧？撞钟是撞天天呢，不是过家家呢，好玩吗？我常去某寺院，僧也老，那里撞钟的，已换了好几茬了。

我是步行上班的，每天穿越大明宫遗址公园，能感觉到年的来，年的去。春日一路走，一路花花绿绿，美吧？春去了！夏日一路走，一路蓊郁葱茏，美吧？秋来了！秋高气爽，桂花飘香，秋色也颇宜人呀，可“西风更兼秋雨”，连树木花草都解得凄凉意，何况人呢？撵走秋天的是飞雪。某年见一乡下老者吻树上雪，胡子与雪一样白，转身对我笑呵呵：“我闻年呢！”我若有所悟。在老者眼里，瑞雪兆丰年嘛！杜甫诗云：“感时花溅泪，恨别鸟惊心。”时乎时乎不再来，“感时”不由自主啊！没有长别，总有短别，人心有“别”，能不恨吗？至于我，“感”是天天有，“恨”却日日无。花开花落，恨有用吗？冬去春来，恨有用吗？再说了，恨谁呢？只能恨自己了！这一路的春夏秋冬，各是各的风景，我只顾了赶路，我辜负了哇！

走在路上，我忍不住琢磨：“年是个啥嘛？！”环顾左右，寒林萧疏，麻雀啾啾，阳光寂寞，行人稀少，眼前你来我往的，都是些匆匆过客。忽然就想起了庾信的话：“昔年种柳，依依汉南。今看摇落，凄怆江潭。树犹如此，人何以堪。”人和树是一样的，人脸上的皱纹，不正是树的年轮吗？人是不知不觉中，年“住”脸上了。年复一年，脸上渐渐就显现“年轮”了。李太白感叹：“高堂明镜悲白发，朝如青丝暮成雪。”岁月饶过谁呢？美容化妆，“年轮”或可“掩埋”，却无法“驱离”或者“消灭”，宿命使然，谁能不然呢？

一年像丢盹儿，忽地又来了！不能闪避，那就面对——也只能面对了。我忽然觉得年是与人例会来了，话别兼拜托，辞旧而迎新。一年的时间，不可谓长，不可谓短，春夏秋冬轮回呢！心在自己肚子装着，扪心自问吧！是非、苦乐、得失，自问便自知。心里多一些感恩，年来了就多一些感念；心里多一些自省，年来了就多一些清醒；心里多一些亏欠，年来了就多一些付出；心里多一些担待，年来了就多一些担当；心里多一些自信，年来了就多一些自强、自律。如果这样过年，或许更心安理得些。虽然好过是过，难过也是过，得过且过当然也是过，但过和过不能同年而语。年好有一比，譬如父母的爱：“爱你没商量！”你不愿意，你无法拒绝。

年来了，总得给人提个醒吧？敲个警钟，使人有所警觉：衣食无忧了，能因此乐而忘忧吗？空气都这样了，还响炮依旧吗？乐极生悲，还贪杯吗？富得流油，就可以消费无度吗？富贵病已成流行病，还海吃山喝吗？

年来了，免不了送往迎来。若送的是真情，迎的是心情，那年就不异于西方的“圣诞老人”了！

人生如梦

三十岁上，我写过《人生如梦》。知天命了，仍觉意犹未尽。

“人生如梦”，语出苏轼《念奴娇·赤壁怀古》。都道苏轼感叹岁月急促，人生苦短，诚然哉！但一联想“赤壁怀古”这一语境，岂尽然哉！苏轼生于1037年，其时北宋王朝已建立七十七年，步入人生的中年；卒于1101年，其时北宋王朝已建立一百四十一年，可以说已步入老境。二十六年后，北宋王朝被迫南迁，北方国土沦陷，苏轼眼里的王朝一去不复返。苏轼发“人生如梦”感叹时，年已四十七岁，也是人生的中年。他被贬黄州已经两年，心境可想而知。他活了六十四岁。也就是说，他感叹“人生如梦”十七年后，告别了人生，从此步入了他人的梦境，因为诗才声名一直被惦记到现在。想来，真个“人生如梦”啊！

但在苏轼的心里，“人生如梦”一定另有别解。他在《前赤壁赋》里说：“哀吾生之须臾，羡长江之无穷。”“赤壁怀古”，自然而然要“数风流人物”；泛舟江吟，自然而然生发“浪淘尽千古风流人物”之浩叹。他博古通今，博闻强记，人生真相，焉有不洞明之理？时间如长江，人物如浪花，古往今来，不正是像梦一样吗？庄周梦蝴蝶，蝴蝶梦庄周。长江后浪推前浪，后浪不就是前浪的梦吗？“江山代有才人出，各领风骚数百年”，不正是梦的写照吗？风流人物不过是浪花一闪，那芸芸众生呢？即使名存千古，也只是载之史册而已；即使流芳百世，也不过是“有口皆碑”而已。史海钩沉时，能打捞几人？人生如梦，影影乎乎，也只能记得个大概。

苏轼如果活着，已九百八十岁了；作古，也九百一十六年了。苏轼安在？苏轼在梦里，在无数今人的梦里。人生如梦，梦如苏轼，幸而梦里还有苏轼！苏轼而后，如苏轼“怀古”者有多少人呢？那“怀古”的，又有多少人作古了呢？在人类的长河里，苏轼并不遥远。如果人类一直在梦中行走，那么苏轼就是那梦里的清醒者。那保留在书上的，不过是梦的投影而已。真实吗？起码不是梦的全部，也无法还原梦的真相。但凡步入梦境者，都不得不做了梦中人。“蓦然回首，那人却在灯火阑珊处。”再回首，“那人”呢？在梦里。“可怜无定河边骨，犹是闺中梦里人。”

包括“那人”！“千古江山，英雄无觅、孙仲谋处。”苏轼“赤壁怀古”是1082年的事，宋神宗在位；辛弃疾“京口北固亭怀古”是1205年的事，宋宁宗在位。都是宋，北宋和南宋，却已相差云泥了；都是“怀古”，赤壁和京口，又相去一百二十三年了。想一想，非“人生如梦”而何？

记得年少时读过一本书，书名记得清楚：《走出人生的梦境》，作者杜卫东。属励志书。那时候真想走出梦境呢，虽然并不清楚梦境是什么。能走出吗？单以书名而论，似乎读了此书，就能走出。我读了后，仍在云里雾里。现在想来，要走出人生的梦境，那真是白日做梦。怎么可能呢？人生如梦，梦如人生，谁也不能挣脱的。梦像蜘蛛网，人像那蜘蛛。自己的梦，自己做。人如蚕，又如蝶。蚕，就是“作茧自缚”来了；人，就是“庄周梦蝶”来了。作茧自缚，茧才有活的理由，才有成就感，茧成便是圆满，那破茧而出的，少得可怜，宿命呗！庄周梦蝶，想得真美！清人张潮著有《幽梦影》，云：“庄周梦为蝴蝶，庄周之幸也；蝴蝶梦为庄周，蝴蝶之不幸也。”人像蝴蝶一般，翩翩起舞花间，美乎哉！蝴蝶若是梦为人呢？一生追梦，一生熬煎；一生苦辣酸甜，一生悲欢离合。岂幸乎哉？

不说人，只说我。既然知天命，不得不回首。一路走来，得失天知，甘苦自知。人生没有回头路，谁个不做回头梦？想来，往事并不如烟，往事如梦如幻。那历经的都真吗？那眼见的都实吗？那历历在目的人事，那栩栩如生的人物，不是梦吗？也曾花前月下，也曾海誓山盟，也曾“梦里不知身是客”，却都成过眼烟云了。这时候，越发想重温《红楼梦》了。

俗话说：“人往前的路是黑的。”黑的是夜，是夜就奢望有月。“蝴蝶梦中家万里，子规枝上月三更。”既然如此，还是仍做蝴蝶梦吧！

别人眼里的幸福

对许多人来说，幸福不在自己心里，而在别人眼里。非得别人说你幸福，你才会有幸福的意识；非得别人啧啧称羡，你或许才会有幸福的感觉。彼此无交流，即使你幸福，你却可能浑然不知，诚所谓“身在福中不知福”。幸福常常是琐碎的、具体的、卑微的，甚至是庸俗的，司空见惯如空气，不知不觉的时候居多，常常被忽略不计。例如，在失业者眼里，上班族是幸福的；在光棍汉眼里，有媳妇是幸福的；在高考落榜者眼里，榜上有名是幸福的；在流浪者眼里，有归宿是幸福的；在租屋者眼里，住自家屋是幸福的;在乞讨者眼里，衣食无忧是幸福的;在孤寡老人眼里，膝前弄孙是幸福的。等等，以此类推吧。

幸福常常是这样的东西：一无所有的时候，拥有便幸福。

上世纪八十年代，我曾在安远饭店的墙拐角目睹了一幕：一对乞丐夫妇，四十岁上下，依偎着取暖。朔风呼啸，飞着雪花。一位过路的好心人拎了一兜儿热蒸馍路过，顺手送他们一个。这对夫妇接过，还说了“谢谢”，然后推让，都不肯享用。我走过去，又给了他们一个热馍，他们接了，依旧推让，妻子非要丈夫先吃，丈夫非要妻子先吃。我走开后蓦然回首，那夫妇把一个馍一掰为二，你一口我一口地吃起来，吃得那么香甜，那么惬意。一刹那，在我眼里，他们就是幸福的。

对很多人来说，拥有的时候不知不觉，失而复得，才有了幸福感可言。谁曾重视过空气？古往今来，只有空气不值钱。现在呢？秋冬早晚都有霾，天空晴朗倒稀罕了。在大都市里，可以说没有霾的日子，就是幸福的日子。过去，都是乡下人羡慕城里人，因为城里有高楼大厦啊！现在，城里人倒羡慕乡下人了，因为乡下有新鲜空气啊！真个三十年河东，三十年河西。从前城市户口对乡下人来说就像梦，拥有便幸福。现在呢？一些人又想方设法把城市户口转为农业户口，所谓幸福感也就跟着转移了。

许多幸福是当时不知，后来才知。有时候知而不觉，有时候觉而不知，有时候介乎知与不知之间。如今回味，颇觉有趣。我小时候自卑,却不自知,自己以为是自尊。敏感,却以自尊掩饰。譬如上大学时，我喜欢泡图书馆，不喜欢与同学往来，特别是女同学，我的心我知道，一半是自尊，一半是自卑。我嫌我个子低，认为女同学都看不起。我每从自己喜欢的女同学面前经过时，自惭形秽得很，心里就不自在。有时候远远看见了，便绕开，不能绕开，便宁可落后，也不走前。我喜欢落后时的那种放肆的赏心悦目，只有这时候，才有幸福感可言。有一次鼓足了勇气去敲一位女同学宿舍的门,手已经在敲,心却“别别别”,生怕把门敲开。门未开，这才释然。那是个多梦的年代，做梦的感觉确乎有，幸福的感觉却不知在哪里。但也不沮丧，所谓幸福，自己的，别人的，都不盘算。

早年，我回到村子里才有幸福感。首先，可能是自我感觉良好，毕竟方圆几十里，上大学的凤毛麟角。在乡亲们眼里，上大学就是鲤鱼跃过了龙门，鱼龙变化了。走在路上，但凡遇见的，那种羡慕，甚至仰慕，都在脸上，都在目光里。他们都高看我，对关乎我的话也津津乐道。我的幸福感来自这种津津乐道，或者第三者不经意间的转述。譬如就有人告诉我，我上小学、上初中、上高中时“如何如何”。有人转述我的“坏”，我都不敢想象，我曾经那样呀？也有人转述我的“好”，我都不敢相信，真的吗？在别人眼里，我没有理由不幸福。我有哥，有姐妹，无须干农活、干家务，那还不幸福吗？夏季节假日的早晨，一个人抱着书坐在菜园里，大声朗读英语、文言文，人能听见，却听不懂。在他们看来我是幸福的。我的小名叫孔民，是我祖父起的，他老人家没文化，却懂文化，他给人解释，孔民即空民，就是空闲的人，一辈子吃轻省饭。我考上大学后，乡民最多的说法是“端上轻省饭碗了”。在故乡人眼里，吃轻省饭就是幸福的。

参加工作后，出入出版大院，我也是幸福的。出版大院的办公楼一直引领西安市北大街的高度。上世纪五十年代，四层灰色的苏式楼房在北大街鹤立鸡群，是一道亮丽的风景，如今已成文物了。我走进出版大院是 1985 年，当时临街的乳白色八层大楼依然在北大街鹤立鸡群，许多外地的游客以出版大楼为背景留影纪念。那楼就是实力、魅力。那时候出入出版大院的人在那么高的楼上办公，外边眼热的人很多。去斜对面北大街商场买东西，营业员听说顾客是斜对面出版大楼上的，眼神都不一样了；听说一些女营业员嫁给出版大院某个人了，被认作是高攀了。在他们心里，我们是幸福的。实际上，我们也确实有幸福感。福利、住房、待遇、一年的实际收入，都令时人眼红。一些人做梦都想调入出版大院工作。那时候，编辑的幸福指数毋庸置疑。有人说：“编辑的腿长。”那意思是说编辑认识人多，人脉关系广泛，出门不愁办事，亮出编辑身份，常被另眼看待。省上这个长，那个长，和一些编辑是朋友。即使在传统出版已成夕阳产业的今天，出版社编辑的职业梦寐以求者仍大有人在。我进出版大院三十几年了，至今一些同龄人啧啧称羡，不管我的实际感受如何，起码他们嘴上羡慕。被人羡慕，起码给了我一个幸福的由头。

冷静地想，在别人眼里的幸福应该就是幸福，起码我是这样看的。我就常这样提醒自己:幸福是相对而言的。别人没有的，你有；别人不能的，你能。如此，知足就有幸福感，不知足幸福感就阙如。譬如同龄人多半租房住、住筒子楼的时候，我已搬进单元楼了；他们住上单元楼了，我却又乔迁新居，住房面积大增。我们的职业是相对自由的,出差方便,游山玩水也方便;我们的职业不用风里来雨里去，夏有空调，冬有暖气。我每见到老同学、老朋友，谁说我幸福，我就笑纳。人比人，气死人，那要看和谁比，比什么。不要比官位，给咱个官，咱也做不了；不要比地位，苏东坡说过，“高处不胜寒”；不要比票子，钱没有个多少，多了多花，少了少花，够花就谢天谢地了；不要比命运，人像日月星辰，各是各的运行轨道；不要比艳遇，一见钟情的事可遇不可求。最好和自己过去比，过去如果“少小不努力”，如今未必不“老大徒伤悲”。比前后左右，总有更多的人事与愿违，总有更多的人得不偿失，总有更多人的今不如昔。比上不足，比下有余。“不足”就视而不见吧，眼不见，心不烦；“有余”就吉庆有余吧，家有余粮，心里不慌。既然幸福是相对而言的，那就选边吧，哪边幸福，咱选哪边：与其选在失意的一边闷闷不乐，毋宁在快乐的一边珍惜当下。有时候，幸福真是自找的。

当然了，别人眼里的幸福，也未必真就幸福，不同的人有不同的解读，不同的人有不同的感受。同样的蓝天白云，有人视而不见，有人却喜出望外，后者比前者就容易感受到幸福。这山望着那山高，那山真高吗？想入非非，人常常产生错觉。但无论如何，想象加上向往，人就有了向前、向上的冲动和欲望。是否想象丰富就幸福呢？往好处想象，起码不失望。初恋总令人难忘，因为得不到的，常常在下意识、潜意识里是最好的！有时候，想象真还是一种幸福，起码有可能转化为幸福。譬如别人的婆娘与自己的文章，前者就是想象，后者则是孤芳自赏。实际上，孤芳自赏挺好。一辈子孤芳自赏，至少对自己不失望。

情难说

有一个汉字一言难尽，那就是“情”字。

“情”由两个字组成，左边是“心”，右边是“青”。心却竖立，像人一样站直了身。此中有真意焉！由猿到直立人，最大的区别是人有了“心”，并由此产生了喜怒哀乐与礼义廉耻；由呱呱坠地、嗷嗷待哺，到牙牙学语、蹒跚学步，直立行走是本能，也是本事;往后做人，离不开心，凭良心，不能不用心。人无心，如行尸走肉;人不能直立，就等同禽兽。“青”字左边那个“心”，乃是人的宿命，也是做人的标杆。只有竖立的“心”，才有无尽的“情”！

人都有心，唯“心”钟爱“青”了，才有“情”可言。此中之道，道法自然：人心只在青年时最活跃，最浪漫，最富有活力和想象力。毛泽东说："你们青年人，朝气蓬勃，好像早晨八九点钟的太阳，希望寄托在你们身上。"诚哉斯言！一代又一代的人，都是这样"寄托"的，就像传递薪火。天翻地覆，改朝换代，都是青年的杰作。"初生牛犊不怕虎"，并非虎不可怕，而是心无畏惧。曹操歌吟："老骥伏枥，志在千里。烈士暮年，壮心不已。"此中"壮心"，充其量只能算作返老还童之心。不服老，也只是"不服"而已，岂能与青年同年而语？须知，只有"青"之"心"，才是"情"之根、本、源。

人有心，才有情。人情，友情，亲情，爱情，都发乎心，故谓之情。人情，乃人之常情。礼尚往来，便是人情，此中既有真假，也有深浅。真而且深，就上升为友情了；亲密有加，就近乎亲情了。亲密无间，非亲情而何？"谁言寸草心，报得三春晖。"这便是亲情的注脚。情发男女之间，不是爱情，胜似爱情，那是亲情；叫个友情，等同爱情，最难为情，却是人间不了情。一见如故是友情，一见钟情必是爱情。"问世间情为何物，竟教生死相许？"此情即爱情！

哪里有人，哪里就有心，哪里就有情。毗邻而居，和睦相处，乃生邻里之情；乡里乡亲，连畔种地，乃生乡情；乡党见乡党，两眼泪汪汪，乡情使然也。同在一个屋檐下读书，乃生同窗之情；同在一个军营里服役，乃生战友之情；同在一个单位里工作，乃生同事之情。人在旅途，不期而遇，遇是缘分，缘深缘浅都是情。孔子说 ：“仁者人也。”有仁爱之心，必生友爱之心。我爱人，人爱我，情必生焉！一颗心遇到另一颗心，碰撞了，产生火花了，就有情如影随形了。耳熟，眼熟，面熟，即使熟视无睹，情也不能被完全排除。抬头不见低头见，摇摇手，点点头，莞尔一笑，一声问候，看似淡淡的，实则暖暖的，那淡淡的不是情吗？不言情，不等于无情 ；不道情，不等于寡情。大爱是情，譬如爱山爱水爱祖国 ；小爱也是情，譬如爱花爱草爱明月。人世界是情世界，离不开社会，其实是离不开人情，处处留情，活着才有滋有味。

心是肉长的，所以情从心上生。铁石心肠，无情可言 ；心如死灰，与情绝缘。有真就有假，所以古往今来，一个“情”字最纠结人心 ；情是岁月的结晶，故有“路遥知马力，日久见人心”之说。明心见性，性情即真情；见心见情，心重方见情真。人间诸情，除却亲情，都须求证。义结金兰，海誓山盟，明月做证，都少不了时间兜底。人之所以对天发誓，就因为人在说，天在听，言而无信，就是自食其言。古往今来，多少美丽的誓言，都变作了美丽的谎言。

人有男女之别，情有爱情之分。道法自然，情发少年，所以古今中外，一见钟情的，都发生在情窦初开时期 ；爱恨交加的岁月，多半也是情窦初开的岁月。一生追忆，一生追问，一生追悔，一生抱憾。说不清楚，道不明白，却津津乐道，乐此不疲。唐诗人李商隐体会最深，有他脍炙人口的诗句为证："此情可待成追忆，只是当时已惘然"；"蓬莱此去无多路，青鸟殷勤为探看"；"身无彩凤双飞翼，心有灵犀一点通"。打住！爱情之情，人心各有；能否觉悟，先参禅吧！

吃啥好

饥饿时代生人，记忆最多的是饥饿；从前提倡厉行节约，首先节约的是粮食；饱尝过饥饿滋味的人，总喜欢忆苦思甜，一苦一甜，都绕不开一个“吃”字；上世纪国策中重中之重是解决温饱问题，其实首先要解决的也是一个“吃”字。所谓脱贫，就是告别饥饿;所谓致富，就是丰衣足食。跨过一个世纪后，走街串巷，逢人到处在吃喝。也难怪，民以吃为天嘛!

几乎一夜间,吃喝不是问题了,吃啥却成了大问题。看微信，阅空间，几乎人人都是美食家。这个可吃，那个不可吃；这个该吃，那个不该吃；这个要多吃，那个要少吃；这个要这样吃，那个要那样吃。公说公的，婆说婆的，自说自话，都言之有理。反说正说，东转西抄，新鲜的少，炒剩饭多，不外乎吃啥、咋吃，吃出健康，吃出美容，吃出长寿，吃出百病不侵，就好像吃能包治百病似的。说的都比唱的好听，信不信呢？信多少呢？该信谁呢？嗨，也是个问题！

最令现代人揪心、闹心、操心、不省心的，就是个吃喝了。很多人嘴上嘟囔，心里腹诽兼纠结："唉，吃啥好呢？"是呀，是呀，吃啥好呢？百问不如一问："啥能吃，啥能喝？"或者颠倒过儿，也是一问："啥不能吃？啥不能喝？"此中玄机，即使参得其详，也是云里雾里；即使略知一二，也是隔靴搔痒。说白了吧，吃喝不安全了。人总被告知：去正规店，买正牌货；擦亮眼睛，认清牌子；留意包装，查看产地、日期。假冒伪劣已防不胜防，人心正觉别扭，却凭空又添新堵——如今又冒出个"转基因"，模棱两可的玩意儿，总令人吃不吃心里都犯嘀咕。一些专家说转基因食品可放心吃，一些有识之士说转基因食品吃了最不放心。吃一堑，长一智，可许多人还是个纳闷儿：既然不能吃，为什么转基因？既然吃了放心，为什么有争议？内中啥猫腻，天知道，天不语。

不愁吃喝了，吃喝却讲究了，富讲究，穷也讲究。越来越多的人津津乐道吃喝，总寻思好吃好喝，一天到晚都在找补，一天三顿都惦记营养，恨不得把人间美味都装进自己肚子里。一些人以为吃了珍禽异兽的尸体，就是大饱口福了；以为寻常人等吃不到、吃不起的，自己却能大快朵颐，就是幸运、幸福的;认定高档、昂贵、奢侈的，包装精美绝伦的，就是吃喝极品，得之窃喜，吃之得意，赠之于人方见得自己的一片真心。我不敢说这是饮食误区，也不敢说如此吃喝就一定适得其反，却只想反问一句：这都是人肚子里需要的吗？譬如天鹅的肉真比鸡鸭更美味、更营养吗？哈，反问等于白问，真不如扪心自问呢！

吃喝成风，吃喝竟成了文化时尚，成了“幸福生活”了。到处都是美食一条街，连吃村、吃乡都有了。登山，一半是登，一半是吃；休闲，一半时间驾车，一半时间吃农家乐；聚会，也是个海吃山喝，似乎说不尽的亲情、友情、乡情，都尽在酒肉上。一些同学会、战友会、乡党会，等同饕餮会，与其说叙旧来了，毋宁说给嘴过年来了。这样的场合，吃啥好？当然是想吃啥吃啥，啥好吃吃啥。难得一见，也就难得一吃，计较个啥嘛！吃喝文化，就是大白话：吃好喝好嘛！

话赶话，赶到这儿，恕我也撂大白话：不管啥吃喝，都是碳水化合物;不管啥美味，进到肚子里都是一个味儿。吃了虎肉，就能体健如虎吗？吃了龟肉，就能长寿如龟吗？吃了燕窝，就能身轻如燕吗？如果吃啥补啥，老虎吃羊，就应该变得温驯些；人类吃猪，就应该比猪更蠢笨些。大象吃草，不但壮硕，而且长年；蚊子吸血，顶多也就活一月、两月。人食肉，也吃五谷杂粮。水能治渴，饭能治饥，米饭馒头、蔬菜瓜果都是灵丹妙药，鸡鸭鱼和牛羊猪都是为人生、为人死，人类应该感恩呀。不馋嘴，不滥食，不暴殄天物，吃了好消化，吃啥不好？还是嘴上留情吧，别吃稀有动物、濒临灭绝的动物，行吗？人吃五谷杂粮生百病，那是人的宿命。人不生病了，都长生不老吗？哎呀，真那样，也不妙哇！

世界末日

没有睁开眼，醒了。妻说："下雪了。"我惊喜："下雪了？"起来，直奔窗口，拉开帘子：哈，真下雪了！雪花乱舞，好看极了。一边赏雪，一边若有所思，问："昨日是啥日子？"妻答："冬至！"忙去了。我自言自语："不是世界末日吗？"大笑，仍自言自语：真好！真好！

前一日俩女友邀我饮茶，有两个名目，一为赏雪，一为世界末日。饮茶的时候，雪花纷纷扬扬，竟忘记了我们是为世界末日而来。女友问过我："明日世界末日，你信不信？"我笑，不回答。女友说，这是必答题，必须选择。这年头，也只有"题"可以选择了，别的，譬如信仰，信上帝还是信钞票，几乎不假思索就有答案了。女友要我选择——信、不信、两可或者无所谓，都是个逻辑陷阱。信，那就停等着幻灭；不信，那就意味着自讨无趣；无所谓，那活着有啥意思？转而又想，人生的某种诠释已经在女友的选择题里了。譬如一对男女热恋，“枕边发尽千般愿”，这“愿”就悬，而且是悬悬乎其悬。你想啊，当下，此时此刻，同床共枕，如胶似漆，为对方死都愿意，遑论其他？自古及今，只要是当事人，发誓没有不自愿的，也没有不虔诚的，至于能否兑现，能否如愿，明日的事今日不知道，徒叹奈何；昨日的事今日知道，又能如何？今日知道的，是青石没烂，心烂了；黄河没枯，情枯了。如此一想，我终于用笑代替了选择，女友也笑：“如果世界末日安然度过，你欠我们一晌茶！”我接住话：“不是欠一晌，是欠两晌！”哈哈，我赚定了。

那天喝茶后，我回到办公室，一位女同事来访，她笑吟吟问我：“如果——我是说如果明日真是世界末日，你打算怎么过？”我本来只想笑，却反问她：“你有什么打算？”她正儿八经答：“信不信由你——我无所谓，真无所谓！”我打量她，虽然漂亮，但岁月已在脸上，过的是富人的生活，却未必真快活，扬言说皈依了佛，每周必要去谒庙、听经，似乎顿悟了不少，已经开始度人了，其实是一直度自己，至今没有大解脱，该生气依旧生气，只是不执于是非了。她曾问过我信不信佛，我反问她：“信如何，不信如何？”她说，信就是一种境界。言外之意，不信是没有精神寄托。我不愿意与她争执，因为她“执”，我不“执”。信仰是一回事，迷信是另一回事，好像似是而非，实际上一个是云，一个是泥。我突然对着她发笑，她莫名其妙。我不想告诉她，信和不信，对佛或对世界末日，其实是一回事。有些事可证，有些事不可证。在我看来，佛和世界末日，都不可证，至少在今日，不能证明日。明日一轮红日必然升起，但明日未必能看见一轮红日升起，此中有禅机，也有玄机。“道可道，非常道。”只好打住，不道，免得着相。

世界末日据说是玛雅人的一个魔咒。玛雅人预言：2012 年 12 月 21 日 15 点 14 分 35 秒，人类将从大地上消失。全世界 63 亿人口，有几人关心世界末日存在？有几人相信世界末日降临？有几人恐惧世界末日到来？恐怕都没有意义。据媒体报道，因为恐惧，所以有跳楼的。因为某种信仰而自焚的大有人在，所以跳楼而躲避世界末日，一点儿也不奇怪。即使在昨日，绝大多数人恐怕还是该干吗干吗，晨练的依旧晨练，上班的依旧上班，做买卖的依旧做买卖。我去食堂打饭，一窝蜂拥挤，有人打趣：“真世界末日了？”拥挤是为了吃到冬至日的饺子。我打了米饭，图个省事。一位同事挤出来了，端了碗饺子，喜滋滋的，给我碗里丢了两个，说：“不吃饺子，要冻耳朵的。”一碗饺子放桌上，你一个，我一个，很快就所剩无几了，那位同事笑着又去打米饭了。

世界末日终于变成了昨日。有人如释重负，也有人继续忧心忡忡。世界末日不是预言，是寓言，是要告诫人类一些常识：河流，不清澈了；空气，不干净了；食品，不安全了；世界，不安宁了；人类，不安生了；地球，不太平了。金融危机，物价飞涨，人口膨胀，房价离谱，股市震荡，核武器威胁人类，恐怖分子越来越猖獗，花房效应导致全球气候变暖，北冰洋融化加快，等等，这不是世界末日前兆吗？或许，玛雅人的预言真是寓言，2012 年 12 月 21 日只是世界末日的一次预演，一次警告或者警示，人类真应该冷静应对世界末日的来临了。

玛雅人预言的世界末日已是昨日，但真正的世界末日会是何日呢？

杞人忧天，杞人不在了，可杞人忧的那个天还在吗？

窗外，雪花早已不见了踪影，天亮堂了许多。过了会儿，一抹阳光落在了客厅的地板上。纷纷扬扬的雪花越来越需要借助童年的梦去回味了，这使我多少有了点沮丧。

向后转，向前看

眼看着生日逼近了，独自奔走在路上，眼前有那么多人急步匆匆；身后又有那么多人紧追不舍。一恍惚，竟有了一种宿命的感觉。人在旅途，真是名副其实呵。

人来到世上，是为了什么？嗷嗷待哺，牙牙学语，蹒跚学步，都是为着一生的旅行做准备。能跑会走了，人生之旅就开始了。不论是谁，总有个好梦在怀里揣着，总有个念想在面前等着，总有个目标在远方搁着。有歧途，难免走弯路；有畏途，难免走险境。还有崎岖，坎坷，荆棘，难免要发出“行路难”的咏叹。只顾赶路，难免辜负了沿途的风景；只顾玩乐，难免耽误了人生的行程。人生路，得自己走。栽倒了，不爬起来，就到头了；落后了，不加把劲，就没戏了。八九点钟的太阳，正是冉冉上升的时候。踏着朝阳，就不会沮丧；走着正途，就有奔头。有个信念在鼓舞着行进的勇气：只要向前，就会梦想成真。有个心愿在支撑着奋进的理由：只要不放缓脚步，就一定能实现人生的终极价值！

仿佛打了个盹儿，太阳就悬在了头顶；仿佛还在梦里游呢，人生的一半就没有了。多少事没做好，或者还没顾上做？多少愿还未了，甚至将落空？发上、额上、脸上，分明已有了岁月。有一次翻单杠，身是上去了，心却胆怯了。遇见不平事，该出手时却犹豫了。曾经醉心于山水，现在却嫌山水最孤独。感冒是再也扛不过去了，不借助药物就别想好了。襁褓中的儿子不见长，怎么就成家立业了呢？不愿见学生时代的同学了，怕他们的面目全非抵消了记忆里青春年华的美丽。最怕接妹妹电话，因为电话里报喜少了，报忧多了。母亲一直体弱多病，怕母亲突然离去，母亲偏偏就突然离去了。人生不能承受之重，却不得不承受。参加长辈的丧礼多了，出席晚辈的婚礼多了，悲里有了生命的觉悟，喜里有了人生的畅想。有资格说禅了，那是真过了知天命之年了。

不甘心，就转身，人生来时路，蜿蜒留身后。脚印清晰可见，往事历历在目。年少真好呵，年少时候，千江有水千江月，万里无云万里天。说呀唱呀，跳呀蹦呀，开心都写在脸上了。捉迷藏，荡秋千；斗蟋蟀，逮蚂蚱。人活在世上，好像就为玩儿来了。哭呀笑呀，由着性子；爱呀恨呀，吊在嘴上。摔破了头，不知道疼；没心没肺，也就没忧没虑。睡囫囵觉，一觉睡到红日照屁股；做鸳鸯梦，看上谁就娶谁做媳妇。顺着老师的话做人，逆着父母的话做事。不知道天外有天，人上有人；只知道得过且过，及时行乐。憧憬未来，也就憧憬一下罢了，至于未来是什么样儿，懒得去想入非非。常立豪华志向，多半自欺而已；每思昔日誓言，心中惭愧不已。怨天尤人，就是不怨尤自己；迁怒于人，就是不反躬自问。似乎若有所悟，似乎执迷不悟；时而豪情满怀，时而萎靡不振。一蹉跎，再蹉跎，五十年光阴变成五十年蹉跎岁月了。

若是这样了就这样了，还活着做什么？莫如“弃我去者，昨日之日不可留”，就让它去！一半路走完了，还有一半路等着走。五十年不是梦，是阅历，是财富，拥有着，不正是资本么？知道水深水浅了，不会游泳就不在水里逞能了。道路一清二楚，不会迷失歧途。不再彷徨，不再犹豫。现实不是花团锦簇，也不是荆棘丛生。坦然面对，坦然自若。不抱幻想，也不听天由命；不白日做梦，也不放弃儿时的梦。做自己力所能及的事，做好，做到位。别只顾看风景，也别只顾赶路。拽一拽落后者，扶一扶同行者，推一推攀缘者，朋友会越来越多，旅途不会寂寞。我确信：向前看，就有前途；向前走，就是进步。

人生，如此而已

读《一日禅》，其中一句话足可惊醒梦中人："人生，如此而已！"

人到这世间来，贫富贵贱不能像考试选答题，ABCD，自由选择。呱呱坠地，尘埃落定，出身一如指纹、DNA，不能更改。基于贫富贵贱的家庭出身背景，人的后天成长环境及其过程判若云泥。记得李泽楷留学美国归来，他爸爸李嘉诚给了他1亿作为创业基金,并说以后再不管他了。以李嘉诚的个人财富，出手1亿相当于中国深山老林的农民给孩子1元压岁钱。都是莘莘学子中一员，步入社会时几人能与李公子比肩？一些人命里注定要输在起跑线上。可以百分之百不服气，但结果呢？必然百分之九十九没脾气！人生，如此而已！

人都要接受教育，至少都希望、渴望接受尽可能好的教育，为了被灌输的梦想，为了约定俗成的理想，为了明天比今天更美好，也不排除跟风、攀比，努力是应该的，奋斗是必须的，辛苦是值得的，目标是不可或缺的。一个孩子的未来在娘肚子里就开始盘算、酝酿、设计、打造了。女子婚后一旦有喜，真是喜从天降，一家人都不敢掉以轻心了。胎教，幼教，未上学就开始家教，由小学而初中，而高中，而大学，择校，择班，择师，补课，无所不用其极，家长为孩子付出再多精力、心智、金钱都在所不辞，几乎每个家长都念念有词："人不能输在起跑线上！"但现实总是令一厢情愿者事与愿违：并非所有人的努力，都会如愿以偿；并非所有人的奋斗，都会苦尽甘来；并非所有人的目标，都会如期而至！大失所望者，永远是绝大多数。譬如马拉松赛跑，人人都可以跑到最后，但冠军只有一个。人生，如此而已！

常言道："有志者，事竟成。"那要看是什么"志"，什么时候"成"。大器晚成，不是不成，而是得不偿失。有志于钓鱼，当个钓者就行了；有志于缘木求鱼，树梢上有鱼吗？有人在树上晾晒鱼干，倒有可能，但能求乎？《乐府诗集·长歌行》："百川东到海，何时复西归。少壮不努力，老大徒伤悲。"不努力，悔不当初，"徒伤悲"；努力了，一事无成，不"伤悲"？俗话说："功夫不负有心人。"也是励志而已，事实上呢？绝大多数有心人，都注定要被功夫辜负。俗话还说 :“只要功夫深，铁杵磨成针。”不算计时间、不算计成本吗？毕其一生，只磨一针吗？成语:“笨鸟先飞。”灵鸟就不飞吗？成语 :“龟兔赛跑。”能寄望于兔子不跑吗？一些格言故事很美丽、很生动，很有感染力，但也很玄乎、很离谱，不能推敲，一推敲就破绽百出。拿着砖头磨镜子，那是痴心生妄想了。马拉松赛，参与可，眼里只有冠军则不可。成千上万的参与者，摘取桂冠者只有一二人，都为此而去争、去抢吗？一万个竞争者，九千九百九十九个失望者，这不是命吗？人世间梦寐以求者众，但真相只有一个:人生，如此而已!

蜂是蜂的命，蚕是蚕的命，麻雀是麻雀的命。蜂就是酿蜜来了 ；蚕就是作茧自缚来了 ；麻雀即使拥有鸿鹄之志，也永远高飞无望，更别指望鹰击长空、鹏程万里。古今中外，成功者的范例如同励志的格言一样，谁当真，谁是傻瓜。所有成功者的背后,都有不可知的故事。所谓天时地利人和,都非强求而来。生不逢时,时不我待,时运不济，都会令愿望如竹篮打水一场空。有的人，有时候，锲而不舍，却壮志难酬;有些人，有时候，“有心栽花花不开，无意插柳柳成荫”。“当年万里觅封侯”，壮哉!但“一将功成万骨枯”，悲夫! “生子当如孙仲谋”，都当英雄乎？蜂有工蜂，就有蜂后;蚁有工蚁，就有蚁后，都不是自封的。总要有人种地，总要有人务工，总要有人当兵，总要有人在各行各业行走。有坐轿子的，就有抬轿子的 ；有功成名就的，就有前呼后拥的；一棵大树下，总有乘凉的。高山上的草即使居高临下，依然是草；大树底下可以乘凉，但大树底下还能长出大树吗？一代一代人，都在验证一个常识：人生，如此而已！

贪婪，贪得无厌，巧取豪夺，争多论少，欲壑难填，利欲熏心，钻进钱眼，恨不得据天下为己有，能吗？就算能，又如何？即使金山、银山，也是生不带来，死不带去。人就活一具臭皮囊而已！一张嘴，一个胃，能吃多少？海吃山喝，是大饱口福了，却透支健康了。大腹便便，病却来了。一些人的肥胖症、高血脂、高胆固醇，都是吃出来的。美宅再多，也是身外之物，拥有者未必高枕无忧，更未必就深睡眠，不失眠。名利的光环不能说不好，或许有比没有好，但为此而疲于奔命吗？而呕心沥血吗？而不择手段吗？名利只垂青幸运者。有的人“踏破铁鞋无觅处”，一生都在白忙活；有的人“得来全不费工夫”，一夜间暴富了。天上不掉馅饼，却掉运气，但运气和理想中的情人一样，可遇不可求。癞蛤蟆与其盯着天鹅想入非非，还不如就近逮蚊子，抓飞蛾、甲虫、蜗牛、蝇蛆等，都是轻而易举就能吃到嘴里的美食美味。人是高级动物，高级动物也是动物。以此类推：人生，如此而已！

坐享其成吗？坐吃山空吗？好吃懒做吗？不是不行，而是人人如此，肯定不行。自己都懒得养活自己，还指望谁呢？道理明摆着，人就是自食其力来了，不劳而获的只能是少数，他们也不能保证永远都衣食无忧。从来处来，到去处去，都是个过程而已。人在旅途，就是个走路。不能只顾走，辜负了沿途的风景；也不能不走，是风景都带不走。风景这边独好，就驻足；无限风光在险峰，就仰望。这山望着那山高，望一望就行了，别耽搁赶路。崎岖，坎坷，岔路，弯道，荆棘，沟崖，都可能遇到，也都正常，随机应变可也。不羡慕一步登天，就满足脚踏实地。譬如登山，坐缆车爽，而且快，但就是懒；徒步爬高，即使累，却乐在其中。活的意义，在于经历、阅历。走不动了，坐轮椅了，也该与人间拜拜了。这样了，也就这样了，恰好诠释了一味禅：人生，如此而已！

胸中日月常新美

朋友常问我快乐的秘诀，我都报以微笑。我的微笑含涵了两层意思：其一是发乎心，至诚而不能掩饰；其二是秘诀有，可能要让朋友失望。我快乐，才找朋友；我不快乐，就读书，读古人书；仍不快乐，就走路，哪儿人少，走哪儿。走，眼睛愉悦，心灵也跟着愉悦了。听见啾啾，就四处瞅瞅，眼里的花草树木都有了灵性。看见蚂蚁上树，我会驻足。寻思：地面上的蚂蚁和树上的蚂蚁有什么不同？并不深究，继续走。枯树发芽了，我又会驻足。嫩芽哪怕微不足道，显现的却是一种顽强的生命力。所以，水泥路面上蹦出一根草，我会行注目礼。当然了，如果有花朵鲜艳夺目，我更容易被吸引，但轻易不走近。经验告诉我，保持距离，更容易把美留在心里。偶尔，万绿丛中一点红，我会抵挡不住诱惑，非要接近，直到手能触摸。但越是美的花，我越不会触摸，更不会折了去，据为己有。我可能会闻，让芳香沁入我的心肺，与此同时，我的快乐失而复得。于是，我转过身去，去找朋友分享我的快乐。

不读书识字，可能做什么，天知道；即使读书识得两个字，不上大学，又该做什么，也是个天知道。我只知道我就是我，能走到现在，就该为自己庆幸。有过雄心壮志，但多半已如烟似雾；有过自命不凡，但又有了自知之明；有过好高骛远，但已过了做梦的年龄。曾经随过大流，也曾经我行我素；虽走过弯路，却毕竟还算是路；虽有过挫折，却毕竟能够承受。水上风平浪静，因为自己没有登上乘风破浪的大舟；路上欢歌笑语，因为总是把不快抛诸脑后。自己的路，自己走，天黑了歇店，天明了继续自己的行程。不避开捷径，不追求通途，不为了争先恐后而放弃欣赏花开花落，云卷云舒。吃不到葡萄，不说自己牙疼;吃不到猪肉,不说自己听到过哼哼。目送着他人的专车，却满足着自己的以步当车；躲避着朋友的灯红酒绿，却欣赏着古人的风花雪月。炎炎夏日，喜欢了林荫下的清风送爽；冰天雪地，喜欢了围炉而坐的吟诗作对。读书的时候，想象着正在聆听古人的耳提面命；饮茶的时候，回味着茶里的禅思美意和诗情画意。你来我往,有惦记我的,也有我惦记的,真好！真好！寒来暑往，有雅友之聚，也有挚友之约。与朋友乐，是乐；与自己乐，也是乐。用心做每一件事，事事求问心无愧；每天做自己力所能及的事，事事不打折扣。交良友，首先自己得做良友；想好事，首先自己得做好事。毛泽东说：“一个人做一件好事并不难，难的是一辈子做好事，不做坏事。”换成一句话就是一辈子有所为，有所不为，为必是好事，不为必是坏事。做到了，也就不愧为“仁者人也”。仁者是莲，心上有，自然高洁；仁者是竹，心上有，自然高风亮节。

“管却自家身与心，胸中日月常新美。”这也是毛泽东的话。自从第一次读到这两句话，就刻骨铭心了。伟人尚且如此，常人如我，更当如此！

代跋——

坐家

写了几篇文章，就常常被人介绍为“作家”。说心里话，我倒喜欢被人理解为“坐家”。不，不是谦虚；当然，也不是矫情。何谓“坐家”，且听我道来。

我是学生出身。毛泽东说:“学生以学为主,兼学别样。”“别样”并没有学多少,“以学为主”倒名副其实。上课,自习,读书,都得坐着。自小学一年级开始，到大学四年级毕业，凡十三年半，都“以学为主”了，也就是以“坐”为主了。总不能自诩“学家”吧？自称“坐家”，心安理得也。

步出校门后，所谓走进社会，其实未必真“走进”了，我总觉得自己一直在社会的边上，“走”的时候少，“坐”的时候多。或问：“却是为何？”答曰：“职业使然也！”已经工作三十一年，从未离开编辑岗位。编辑的职责或者说“神圣使命”是“为他人做嫁衣裳”。刚当编辑，还真不理解这句话。编辑当久了，身体力行了，有心得体会了，就真以“为他人做嫁衣裳”自许、自诩、自命不凡了。“为他人做嫁衣裳”，是坐着做的。上班一整天，从早坐到晚。春夏秋冬轮回，坐是常态，坐着是工作，屁股不挨椅子那才是晃荡，玩忽职守。一年又一年，年年如坐禅，可不就是“坐家”么？职业编辑的职业病——颈椎病，椎间盘突出，坐骨神经疼，等等，都与坐有关。如果晒屁股，男的、女的，屁股上长茧的多半是“坐家”。谓予不信，可以查验，反正我的屁股就有茧，至少证明“坐家”之自谓，并非自吹自擂也！

编辑是正业，我还有副业，就算业余爱好吧，那就是写作。其实编辑是否坐着，多半靠自律，习惯成自然。立着看稿子，不行吗？写作呢，则必须坐着。说白了，想当“作家”，首先得当“坐家”，坐得住冷板凳。如果整天一门心思想着“采风”呀，“笔会”呀，“研讨”呀，“沙龙”呀，“坐台”呀，登台“亮相”或者“表演”呀，与名家或者粉丝合影呀，往镜头前蹭着展示尊容呀，那当然另当别论了。不是所有的“作家”都甘愿坐冷板凳的，所以不是所有“作家”都算得是“坐家”。一些

“作家”，人家就是社会活动家嘛！至于区区在下，就不谦逊了，自领“坐家”可也。我，孔明先生，当之无愧的“坐家”也！

正业和副业之外呢，还有一“癖”，或者一“好”，也算得一“业”——副业里的副业，那就是读书。当编辑，不读书行吗？搞写作，不读书行吗？蚕要吐丝，得先食桑枳；蜂要酿蜜，得先采花粉。蚕丝是真丝，蜂蜜是天然蜜，好东东确乎好，可来之不易。蚕食不易，工蜂辛苦，都是可想而知的。读书，美其名曰“雅好”，或谓“乐在其中”，然而长年累月如此，也等于坐冷板凳，是否“不易”呢？是否“乐在其中”一如“恋爱”呢？真读书人甘苦自知，不足与外人道也！

不坐可乎？只要与文字为伍、为友，不坐不行。坐得住，坐得稳，坐无怨言，坐白了头发，非“坐家”而谁？世间一些人，譬如“坐家”，就是“坐”来了。甚至可以说，“坐”是宿命。此“坐”也，体力劳动者或生羡慕，这可以理解；非体力劳动者，若有人羡慕，多半是想当然耳！俗话说：“站着说话不腰疼。”却是为何？成语“席地而坐”的“坐”可加深理解这句话。古人双膝跪地，把臀部靠在脚后跟上，即此“坐”之本义也。这样“坐”着，一时三刻尚可，一天到晚试试看！一年到头，岁岁年年，坐犹如此，那啥滋味，真不用想象了！

三百六十行，行行都有这样那样的优越感，也都有这样那样的适得其反，不是吗？古往今来，最好的职业我不说，各人都心知肚明吧。我嘛，编辑为业，写作为好，读书为乐，此“坐家”之本分也。不生非分之想,便安分守己吧。当个“坐家”其实也不错，总比体力、苦力从业者轻省吧！想来，这也算得上天眷顾，唯有感恩了。既然是坐家，还是别辜负了上天美意吧！